HARLEQUIN
Deseo

TIERNA PASIÓN
Beverly Barton

publicado por Harlequin

NOVELAS CON CORAZÓN

Editado por HARLEQUIN IBÉRICA, S.A.
Hermosilla, 21
28001 Madrid

I.S.B.N.: 84-396-5834-6
Depósito legal: B-11025-1997
Editor responsable: M. T. Villar
Diseño cubierta: María J. Velasco Juez
Composición: M.T., S.A.
Avda. Filipinas, 48. 28003 Madrid
Fotomecánica: PREIMPRESIÓN 2000
c/. Matilde Hernández, 34. 28019 Madrid
Impresión y encuadernación: LITOGRAFÍA ROSÉS, S.A.
c/. Progreso, 54-60. 08850 Gavá (Barcelona)
Fecha impresión Argentina: 1-Junio-97
Distribuidor exclusivo para España: M.I.D.E.S.A.
Distribuidor para México: INTERMEX, S.A.
Distribuidores para Argentina: interior, BERTRAN, S.A. / Buenos
Aires y Gran Buenos Aires, VACCARO SÁNCHEZ y Cía, S.A.
Distribuidor para Chile: DISTRIBUIDORA ALFA, S.A.

Capítulo Uno

Adam Wyatt era el hombre más sexy del mundo; eso era lo que había pensado Blythe desde el mismo momento en que lo conoció, hacía cerca de dos años. Cada vez que lo veía se le hacía un nudo en el estómago. De pie en el umbral de la puerta observó a Adam, que en ese momento se aseguraba de que los empleados del *catering* hubieran dejado el patio despejado. Al verla, la saludó con la mano, sonriente. Sólo después de que el último invitado se hubo marchado, se había quitado la chaqueta y la corbata. Bajo la tela de su inmaculada camisa blanca se adivinaban sus hombros anchos, su torso musculoso. Su espeso y negro cabello, salpicado de gris, blanqueaba en las sienes. Pocas mujeres podían evitar sucumbir al mortal atractivo de Adam.

Blythe se estremeció; dando media vuelta, entró en la casa y aspiró profundamente. Para la mayoría de las mujeres Adam Wyatt era decididamente irresistible, pero ella sí podía resistirlo. Eso era precisamente lo que había estado haciendo durante dos años, y seguiría haciéndolo aunque muriera en el intento. Adam podría ser encantadoramente guapo, seductor y millonario, pero no era el hombre adecuado para ella.

Blythe era una mujer moderna... y Adam un hombre anticuado, demasiado viril. Le recordaba a su dominante, despótico padrastro, y hacía ya mucho tiempo que se había jurado no volver a depender de un hombre que intentara dominarla. Por supuesto, Adam no había estado persiguiéndola, sino precisamente todo lo contrario. Desde su primer encuentro en el que, por cierto, habían saltado chispas, él la había rehuido todo lo posible. Y Blythe se había alegrado de ello, ya que sabía que si pasaba demasiado tiempo con ese hombre, siempre existiría la posibilidad de que cediera a sus deseos más primarios y lanzara por la borda toda precaución.

Las lágrimas nublaron sus ojos, y se las enjugó tragándose el nudo que sentía en la garganta. Debía controlar esa excesivamente emotiva reacción a los sucesos de aquel día. Lo último que deseaba era que Adam la sorprendiera comportándose como una débil y llorosa mujer.

En vano durante toda la tarde se había esforzado por no llorar; para consolarse, se había repetido que no todos los días una mujer se convertía en madrina. Colocó dos copas vacías en una bandeja de plata, que luego puso sobre la barra del bar; luego, de manera automática, empezó a recoger los platos sucios y las servilletas desparramados por el comedor de la lujosa casa de Adam.

—Eh, deja eso —le dijo él—. Mi ama de llaves se encargará de todo cuando llegue por la mañana.

—Claro. Supongo que en mi casa estoy tan acostumbrada a ponerme a recogerlo todo después de las fiestas, que lo he hecho sin pensar.

Blythe miró a Adam. El alto y fuerte Adam, con su encanto viril, su voz ronca y sus rasgados ojos oscuros... «¡Recuerda que no es tu tipo!», se recriminó en silencio. Habían experimentado una mutua animadversión durante su primer encuentro, en la fiesta que había celebrado Adam en su casa para felicitar a su abogado, Craig Simpson, con ocasión de su compromiso formal con Joy Daniels, la mejor amiga de Blythe. Desde el principio había supuesto que Adam debía de ser un hombre muy agradable... siempre y cuando le gustara su tipo. Pero a ella no le gustaba, y eso había quedado en evidencia en algunos de sus comentarios, que él había considerado propios de una mujer fuerte, ferozmente celosa de su independencia.

—Todo ha ido bien, ¿no crees? —le preguntó Adam, entrando en el comedor—. Ha sido una nueva experiencia para mí; nunca antes había dado una fiesta para celebrar un bautizo.

—Podíamos haberla celebrado en mi apartamento.

En un principio esa había sido la propuesta de Blythe, pero Adam había insistido en celebrar la fiesta en su casa. Y él siempre se salía con la suya.

—¿En ese minúsculo apartamento tuyo situado en los confines de la ciudad? —le preguntó él, riendo—. No podrías haber metido ni diez personas allí, para no hablar de los treinta que Joy y Craig invitaron al bautizo de Missy. Por eso convinimos en celebrar la fiesta aquí, ¿recuerdas? —se dejó caer en una silla, estiró sus largas piernas y entrelazó las manos detrás de la cabeza.

—Tienes razón. Y quería que hoy todo saliera perfecto; Joy es mi mejor amiga, y Melissa mi ahijada —Blythe apretó los dientes y lo miró entrecerrando los ojos—. Y tú sabías muy bien lo mucho que significaba para mí que todo saliera exactamente como lo habíamos planeado...

—Estaba seguro de que empezarías a regañarme una vez que nos quedáramos solos —repuso Adam—. Y sólo por haber hecho algunos pequeñísimos cambios para solucionar unos problemas, simplificándolos un poco...

—¡Unos pequeñísimos cambios! —exclamó Blythe—. Lo primero de todo, no llamaste al *catering* que habíamos acordado utilizar; en segundo lugar, cambiaste la combinación de colores que yo había elegido. Después...

—¡Basta, por favor! —Adam levantó las manos en un gesto de rendición—. Ya es suficiente.

—¡Más que suficiente! —Blythe apretó los labios

esforzándose por no decir algo de lo que después pudiera arrepentirse.

—Mira, poseo una multimillonaria empresa constructora y tengo una gran plantilla de empleados a mi disposición. Tú no. Con tu limitado tiempo libre, pensé que sería más eficaz dejar que mi secretaria se hiciera cargo de los detalles de la fiesta del bautizo.

Blythe agarró un puñado de servilletas usadas y se lo lanzó directamente a la cara, fracasando en su objetivo.

—No creo que eso le haya gustado a tu ama de llaves, que tendrá así un motivo para quejarse. ¡El *catering* que yo quería contratar se habría encargado de recogerlo todo!

—Pearl nunca se queja de nada —sonrió Adam—. No como alguien que yo conozco, que tiene esa desagradable costumbre... —admirado, pensó en la forma que tenía aquella pequeña mujer de irritarlo y divertirlo al mismo tiempo. Blythe le recordaba a un gatito que siempre estuviera a la defensiva, protegiéndose, temiendo continuamente que alguien lo hiriera—. ¿Quieres que me disculpe? —inquirió, pensando que Blythe era del tipo de mujeres que disfrutaban viendo humillarse a un hombre.

—¿Para qué serviría una disculpa? ¿Para que tú te sintieras mejor? Eso no cambiaría nada. Me has ignorado, despreciando todas mis esperanzas y deseos cuando sabías lo importante que era este día para mí.

—Creía que todo había salido estupendamente —repuso él.

—Supongo que sí. Todo ha salido a tu manera —replicó la joven, cruzando los brazos sobre el pecho.

Adam no había tenido más remedio que organizar aquella fiesta con Blythe, dado que era la mejor amiga de Joy, pero desde el principio había estado seguro de que esa colaboración acabaría mal. Había conocido a muchas mujeres testarudas e independientes en su vida, pero ninguna como ella. Era la mujer más discutidora con la que se había encontrado nunca, y se había pasado dos años guardando las distancias con ella, lo cual no le había resultado en absoluto fácil ya que, a pesar de todo, la deseaba. La deseaba en su cama, gritando su nombre, suplicándole que le diera placer.

Con las manos detrás de la cabeza, Adam cerró los ojos y aspiró profundamente. Cada vez que pasaba más de dos minutos en compañía de Blythe, se sorprendía a sí mismo deseando estrangularla o besarla. Había una especie de resentimiento en ella que le resultaba difícil comprender. Sabía que le gustaban los hombres, pero parecía como si él fuera el único que no le gustara, y eso le molestaba sobremanera.

Blythe parecía desaprobarlo con pasión, y Adam no tenía ni la más remota idea de sus motivos. Él nunca le había hecho nada malo; incluso la había rehuido, alejándose todo lo posible de ella, a pesar del vínculo matrimonial de sus respectivos amigos. Al abrir los ojos, Adam sorprendió a Blythe mirándolo fijamente.

—Mira, lo siento si te he disgustado al cambiar ligeramente nuestros planes. Sinceramente, no creo que tengas motivos para oponerte a una mejora...

—Está claro que disentimos en este punto —exclamó Blythe, suspirando—. Y será mejor que cambiemos de tema antes de que termine por perder la paciencia.

—Buena idea —sacudiendo la cabeza, Adam cerró los ojos de nuevo e intentó relajarse. No quería discutir con ella, y especialmente ese día.

Blythe se agachó para recoger las servilletas que le había tirado a Adam y las puso sobre la mesa, decidiendo que sería amable con él y terminaría ese día lo mejor posible.

—Ha sido marvilloso que Joy y Craig bautizaran a mi ahijada con el nombre de Melissa Blythe, en recuerdo de mi abuela y de mí misma —Blythe no había sido capaz de contener el llanto durante toda la ceremonia; no podía recordar ningún acontecimiento en su vida que la hubiera emocionado tanto.

—Bueno, no habrías esperado que la pusieran Adam Tobías Maximillian Wyatt, ¿verdad?

Blythe miró fijamente a Adam, esforzándose en vano por no sonreír.

—Dios mío, ¿ese es tu nombre completo? ¿Tan largo? —y estalló en carcajadas.

Gruñendo, Adam abrió los ojos y la miró. Luego, levantándose rápidamente de la silla, la agarró de los hombros con gesto juguetón.

—No me perdonaré nunca habértelo dicho. Olvídalo, ¿de acuerdo?

Ella seguía estremeciéndose de risa; Adam sentía su cuerpo delgado, frágil, bajo los dedos. Dudaba que pesara mucho más de cuarenta y tantos kilos. Debía de medir unos treinta centímetros menos que él; la coronilla de la cabeza le llegaba a la mitad del pecho. Si quería besarla en los labios, antes tendría prácticamente que levantarla en vilo.

No podía dejar de pensar en besarla. Aunque era la última mujer sobre la tierra que habría debido desear, la deseaba... desde el primer momento en que la vio, con aquel vestido rojo que destacaba cada curva de su pequeño cuerpo. La noche de la fiesta de compromiso de Craig y Joy, se la había pasado entera luchando por dominar su excitación.

En el instante en que Adam la tocó, Blythe levantó la mirada hacia sus ojos oscuros y descubrió que la observaba con intensidad. ¿En qué estaría pensando? Si no lo conociera mejor, habría pensado que quería besarla.

Retirando las manos de sus hombros Adam retrocedió un paso, y Blythe suspiró profundamente. En ese momento rompió el silencio el sordo retumbar de un trueno, y un relámpago atravesó el cielo gris de la tarde.

—Creo que será mejor que me marche, ya que no me necesitas para ayudarte a limpiar esto —Blythe se apartó de Adam.

Gruesas gotas de lluvia caían ya en el patio. Cargado de humedad, el viento entraba en la casa por las puertas abiertas. Volviéndose rápidamente, Adam se apresuró a cerrarlas.

—Quizá quieras esperar a que pase la tormenta —le dijo—. No es probable que dure mucho; no suele ocurrir.

—Tienes razón —dijo Blythe—. No me gustaría empaparme —se sentó en el borde del sofá.

—¿Quieres algo de beber? —le preguntó Adam, señalando la barra del bar—. Podría sacar algo más fuerte que el champán.

—No quiero nada, gracias —Blythe miró hacia el patio; de repente la tierra pareció temblar con el retumbo de un trueno, y no pudo evitar estremecerse.

—¿Te dan miedo las tormentas? —Adam rió entre dientes mientras sacaba una botella de bourbon de detrás de la barra.

—No. Simplemente no me gustan.

En realidad odiaba las tormentas, pero ese no era asunto de Adams. El hecho de que tuviera miedo de los truenos y de los relámpagos podía ser interpretado como una debilidad, o lo que era peor, como una debilidad femenina. Su padrastro siempre se había burlado del miedo de su madre a las tormentas; solía decirle que era una mujer estúpida, y que era una suerte que estuviera bajo su cuidado, ya que no podía cuidarse a sí misma.

Raymond Harold había sido un hombre alto, guapo, masculino en todos los sentidos. Le había enseñado a Blythe a no confiar nunca en los hombres, especialmente en los hombres grandes, viriles, dispuestos a *cuidar de sus mujeres*. Había visto dominada y manipulada a su encantadora, bondadosa e inteligente madre. A Blythe ningún hombre la subyugaría. Ningún hombre la convencería jamás de que no era capaz de tomar sus propias decisiones.

Adam se sentó en el sofá con su vaso de bourbon, al lado de Blythe, y bebió un sorbo. Ella se apartó todo lo que pudo, sin levantarse.

—¿Qué crees que voy a hacerte? ¿Saltar sobre ti?

—Al menos tienes esa reputación —Blythe lo desafió con la mirada.

Adam dejó su vaso sobre la mesa del café y se volvió para mirarla, apoyando un brazo en el respaldo del sofá.

—Señorita Elliott, no tiene nada de qué preocuparse —se burló—. Cuando tomo a una mujer, quiero que ella misma esté dispuesta. No; más que dispuesta, quiero que me suplique que le haga el amor.

Blythe maldijo el rubor que se extendió por su rostro. Se suponía que era una mujer de mundo; había salido prácticamente con todos los solteros sin compromiso del norte de Alabama, y en todos había descubierto algún tipo de carencia. Ninguno de esos hombres había querido admitir que ella los había rechazado, negándose a acostarse con ellos, de manera que nadie excepto Joy sabía que Blythe Alana Elliott, con sus veintiocho años de edad, seguía siendo virgen.

—Te juro que no puedo imaginarme —le dijo a Adam— cómo Joy pudo escogerte como padrino de Melissa. Si algo les sucediera a Joy y a Craig, serías el peor de los padres del mundo.

—Y tú serías una gran madre, ¿verdad?

—Ciertamente intentaría serlo. Como no estoy casada, no puedo decir que la maternidad sea algo en lo que haya pensado mucho... hasta que Joy se quedó embarazada. Adoro a Missy. Nunca le faltará mi amor y mi cariño.

—Bueno, créeme, yo tampoco he pensado en la paternidad después de mi divorcio, pero si esa pequeña alguna vez me necesita, estaré a su lado.

—¡Ningún niño debería depender de un hombre como tú! —Blythe se levantó de un salto con la intención de ir al dormitorio, donde había dejado su bolso al llegar.

Adam también se puso de pie y la siguió. Deteniéndose bruscamente en el umbral de la habitación, Blythe lo miró por encima del hombro.

—¿Qué quieres? —le preguntó.

—¿Qué tipo de hombre te crees que soy?

Adam ignoraba por qué le había sentado tan mal su acusación. Quizá fuera porque en cierta ocasión había sentido la desesperada necesidad de tener un hijo. Lynn y él lo habían intentado durante dos años de los cinco que había durado su matrimonio, pero no había conseguido quedarse embarazada. Y justo cuando había convenido con Lynn en que buscarían ayuda médica, descubrió su infidelidad. Después, con el tiempo, ella volvió a casarse, terminó sus estudios de derecho y en la actualidad trabajaba en un prestigioso bufete de Birmingham.

Adam suponía que había amado a Lynn al comienzo de su matrimonio, cuando pensaba que ella no quería nada más que ser su esposa y la madre de sus hijos. Pero no se había sentido satisfecha con su vida cómoda... la vida que tanto se había esforzado Adam en darle. Una explicación sencilla para el fracaso de su matrimonio podría ser que los dos habían seguido distintos caminos, distintas metas. Pero según Adam, él siempre había cedido a sus deseos y anhelos; había comprometido sus ideales por ella, había aceptado el hecho de que quería una carrera y había apoyado sus esfuerzos. Había hecho todo lo posible por salvar su tambaleante relación, y la fidelidad era lo único en lo que no había podido transigir. Cuando se hizo con un amante, Adam jamás se lo perdonó.

Volviéndose lentamente para mirarlo, Blythe descubrió su sombría expresión y se estremeció.

—Creo que eres un tipo machista que cree que sólo tiene que extender la mano para apoderarse de lo que quiera. Piensas que las mujeres sólo tienen un propósito en la vida; te gustaría vernos a todas embarazadas.

Adam se ruborizó visiblemente. ¿Cómo se atrevía aquella mocosa a lanzarle esas acusaciones? ¿Qué era lo que sabía acerca de él?

—¿Qué te pasa? —le preguntó, obligándolo a mirarlo a la cara—. Yo nunca te he hecho nada, pero tú me atacas cada vez que nos encontramos.

—Conozco a los de tu clase. Todos sois iguales. Queréis que las mujeres se queden donde están, en *su* sitio, decirles lo que pueden y lo que no pueden hacer. Tomar todas las decisiones por ellas, y además en nombre del amor. Probablemente tu esposa se divorció de ti porque no podía soportar un día más sintiéndose completamente dominada —Blythe retrocedió hacia el dormitorio apartándose con precaución de Adam, cuya expresión le indicaba que se hallaba a punto de explotar—. Voy a recoger mi bolso para marcharme. De vez en cuando puede que encuentre divertidas tus poses de macho, pero ahora no. Estoy demasiado cansada para seguir discutiendo.

Adam se le adelantó cuando Blythe ya retrocedía hacia la cama y a punto estuvo de tropezar con ella. En el preciso momento en que la agarraba de los hombros resonó un trueno que hizo temblar los cristales de las ventanas. La joven gritó, con los ojos bañados en lágrimas. ¿Por qué seguía gritando? No era una costumbre que tuviera Blythe. «Admítelo, Adam Wyatt te asusta. Lo deseas desesperadamente, pero sabes que si cedes, será el mayor error que cometas en toda tu vida», se advirtió.

—¿De dónde has sacado esas... —le preguntó Adam, sacudiéndola con fuerza por los hombros—... ridículas ideas acerca de mi ex—mujer?

—Supongo que me las habré inventado —Blythe intentó liberarse, pero luego cesó de luchar para tocarse el rostro bañado de lágrimas—. Ya me he hartado de ti. Déjame; quiero irme.

—Tranquilízate —le dijo él—. No puedes salir con esta lluvia.

Blythe se apartó bruscamente de Adam e intentó volverse, tropezando con la gran cama de metal. Podía sentir la presencia de Adam directamente detrás de ella; podía sentir su fortaleza y su poder. Pero debía alejarse de él, de la manera en que la hacía sentir...

—¿Blythe?

La joven tembló cuando Adam le puso las manos sobre los hombros, haciéndola volverse lentamente para que lo mirara.

—¿Quién diablos fue el responsable de que sintieras ese disgusto por los hombres, y por mí en particular?

—No siento eso por todos los hombres... sólo por los machistas dominantes como tú. Mi padrastro hizo de mi madre una esclava; no la dejó tener una buena profesión, una vida propia... y ninguna vía para escapar de él. La hizo totalmente dependiente de su persona, tenía que pedírselo todo y... —Blythe se tragó su furia al tiempo que intentaba enjugarse las lágrimas con una mano temblorosa—. ¡Realmente Raymond era un hijo...!

—¿Yo te recuerdo a tu padrastro? —le preguntó Adam, acariciándole delicadamente las mejillas con las puntas de los dedos.

—¡Sí! —exclamó Blythe, pero luego negó con la cabeza—. No, en realidad no. Lo que pasa es que

13

eres un hombre grande, muy masculino, muy atractivo y... parece que las mujeres te adoran. Eres un tipo viril, anticuado, pasado de moda. Y Raymond era así.

Adam no podía recordar ningún momento de su vida pasada en que se hubiera sentido tan protector con una persona como con Blythe en ese mismo momento. Quería estrecharla entre sus brazos, consolarla, hacerla sentirse segura y a salvo.

—No me confundas con tu padrastro. No todos los hombres son unos miserables; seguro que a estas alturas ya lo habrás descubierto. No creo que no haya habido hombres en tu...

Un nuevo y potente trueno acalló la voz de Adam. Asustada, Blythe se abrazó a su cintura y él le acarició el cabello corto y sedoso, rojizo, del color de la canela.

—Todo está bien, cariño. Estoy aquí, contigo. Yo te cuidaré.

Blythe se quedó helada al oír esas palabras. Mirándolo, se apartó bruscamente de él y exclamó, clavándole el dedo índice en el pecho:

—¡No necesito que nadie me cuide!

—Todos necesitamos que alguien cuide de nosotros —repuso Adam—. Las mujeres necesitan a los hombres, y los hombres necesitan a las mujeres. Necesitar a alguien no es ninguna debilidad, ¿sabes? Una mujer de verdad sabe tanto dar como tomar.

Blythe levantó las manos y lo agarró de las solapas de la chaqueta, mirándolo fijamente con una extraña súplica en los ojos... Parecía necesitar algo de él, pero Adam no sabía qué era. Lentamente, fue acercándola hacia sí, y al mirar sus ojos del color de la avellana, se perdió en ellos. Lágrimas que brillaban como diamantes refulgían atrapadas entre sus largas pestañas; sus labios llenos se entreabrieron ligeramente, y en ese instante Adam pensó que Blythe Elliott era una mujer absolutamente encantadora.

De repente se preguntó en qué estaba pensando,

qué estaba haciendo; luego la soltó y retrocedió un paso.

—¿Adam? —Blythe se sentía perdida sin él, sin la caricia de sus dedos en su pelo, el contacto de su mano en la espalda. No quería que la soltase, ya que volvería a sentirse tan sola...

—Te llevaré a tu casa —Adam se volvió para salir de la habitación—. Mañana me encargaré de que alguien te lleve el coche a tu apartamento.

—Puedo conducir sola hasta casa —no podía entender el abrumador impulso que sentía de pedirle que la dejara quedarse con él, allí mismo. «No quiero irme, Adam. Quiero quedarme contigo, quiero...»

—Si lo haces, me quedaré preocupado —repuso él.

Abrió la puerta principal y se hizo a un lado para cederle el paso. Blythe salió y dudó por un momento al llegar ante la puerta de hierro forjado que se abría directamente a una carretera particular, detrás de la casa. Adam le puso una mano en la espalda con delicadeza.

En ese momento se dio cuenta, demasiado tarde, de que no debería haberla tocado. En realidad, no quería que se marchara. Quería que se quedara con él, que pasara la noche entre sus brazos.

—Ya sabes que no tienes por qué irte. Podrías quedarte.

—¿Quieres que me quede?

—Sí, quiero que te quedes —murmuró.

—Esto es una locura, Adam —tragó saliva, preguntándose si habría perdido la cabeza—. Los dos estamos locos. Tú quieres que me quede y... yo quiero quedarme.

Inclinándose hacia ella, la abrazó y reclamó sus labios en un beso de completa posesión. Y Blythe lo abrazó a su vez, anhelante. Después de hacerla entrar de nuevo en la casa, Adam la levantó en brazos y la llevó a su dormitorio.

Una tenue luz se filtraba por los altos ventanales. Adam dejó a Blythe en la cama y luego permaneció de pie delante de ella, mirándola fijamente. De repente la joven se sentía completamente indefensa.

—Adam, quizá...

Quería decir que quizá habían cometido un error, un tremendo error, pero antes de que pudiera terminar la frase él se inclinó y la besó; su boca era dura, caliente, húmeda.

Ella le devolió el beso, abrazándolo. Aun cuando nunca había hecho el amor antes, no era una completa inexperta. Ya había experimentado antes la pasión, ya sabía lo que significaba desear a un hombre, pero nada la había preparado para aquella incontrolable necesidad.

Adam se inclinó sobre ella, besándola hasta quitarle el aliento. Luego deslizó una mano por su espalda, buscando y encontrando la cremallera de su vestido de lino, y le tomó una mano instándole a que le desabrochara la camisa. Lentamente, vacilando en un principio, la joven empezó a desnudarlo mientras él le deslizaba el vestido por los hombros, hasta la cintura. Durante todo el proceso Adam no dejó de tocarla, de besarla, mientras le hablaba.

—Eres tan pequeña, cariño, tan delicada, tan frágil. Y no quiero hacerte daño.

Blytle le despojó de la camisa y suspiró profundamente al contemplar su ancho torso desnudo.

—Eres hermoso —pronunció antes de deslizar una mano por los músculos planos de su estómago.

Adam se estremeció excitado, y levantándose de la cama se despojó del resto de sus ropas. Nerviosa, Blythe se preguntó si podría satisfacer a un hombre semejante; pero en el momento en que él se tumbó a su lado y la estrechó entre sus brazos, todas sus dudas se desvanecieron como nieve derretida al sol.

—Quiero mirarte —le dijo Adam cuando procedía a desabrocharle el sostén.

Ella asintió con la cabeza, lamentando no poseer más experiencia. Se preguntó cuándo tiempo tardaría Adam en descubrir que era su primera vez... Y si lo hacía, ¿se detendría en ese mismo momento? No creía que pudiera soportarlo. Adam hizo a un lado la prenda y contempló sus pequeños y firmes senos.

—Perfectos —dijo antes de cubrirlos con sus manos, sopesándolos delicadamente, acariciándole los pezones con los pulgares.

Blythe se estremeció. Inclinando la cabeza, Adam le acarició un pezón con los labios; luego se dedicó a explorar su cuerpo desde la cabeza a los pies, y la joven sucumbió a su propio deseo de acariciarlo, de descubrir los secretos de su masculinidad. En los dos parecía arder una fiebre que los privaba de todo control.

—No puedo esperar —murmuró Adam, jadeante—. La próxima vez iremos más despacio. Te lo prometo.

Blythe sentía un deseo igual de violento, y no se quejó cuando Adam entró en ella. Se sentía envuelta en él, envuelta por su torso poderoso, por el aura de poder masculino que emanaba, por su aroma, por la mirada de sus ojos negros y por su voz profunda, hipnótica.

—Te deseo —fue todo lo que pudo decir.

Adam sentía su cuerpo cálido, húmedo y anhelante entre sus brazos. Blythe se abrazaba estrechamente a él, pero al mismo tiempo su cuerpo parecía oponerse a su invasión. Y estaba a punto de explotar. La había deseado tan desesperadamente y durante tanto tiempo, que lo único que quería en la vida era entrar en ella.

Nada más penetrarla, se detuvo al comprender la verdad. Y él que había pensado que ella tenía experiencia, que había tenido una legión de amantes...

Un dolor ardiente atenazó a Blythe, y los ojos se le llenaron de lágrimas. Pero el dolor no le importaba. Nada le importaba excepto hacer el amor con Adam.

—¿Por qué no me lo dijiste, cariño? —le preguntó él, apartándose un poco.

—Porque te deseaba, y tenía miedo de que si lo sabías, pudieras...

Adam la acalló con un beso al tiempo que entraba profundamente en su cuerpo, tomándola por completo. Blythe gimió contra sus labios, deseando que no se detuviera nunca, pero él no podía durar, no podía darle todo el tiempo que necesitaba, no podía darle un placer completo en aquella ocasión. Y llegó al clímax, que sacudió su cuerpo como descargas de dinamita.

Luego se tumbó a su lado, la abrazó y la besó con ternura. Blythe se sentía feliz de haberle dado un placer tan intenso, pero no podía evitar cierto sentimiento de decepción, ya que ansiaba experimentar ese mismo éxtasis.

—La próxima vez será para ti. Todo para ti —le dijo él—. Estaba demasiado hambriento de ti, te deseaba demasiado para que todo saliera perfecto.

Pensó en todas las cosas maravillosas que iba a enseñarle en lo sucesivo. La primera vez había perdido el control. Y la primera vez, ella todavía era virgen. De pronto, se incorporó bruscamente.

—¿Qué sucede? —le preguntó ella, poniéndole una mano en la espalda—. ¿Te pasa algo malo?

La conciencia de que no había usado un preservativo lo afectó profundamente. ¿Cómo diablos podía haber sido tan estúpido? Ni una sola vez desde su divorcio había hecho el amor con una mujer sin tomar precauciones.

—Estoy bien —Adam volvió a sentarse y la abrazó—. Todo está bien.

Cuando volvió a hacerle el amor, y tenía intención de hacer el amor con ella durante toda la noche, se aseguró de no arriesgarse de nuevo.

Capítulo Dos

—Señor Wyatt, una tal señorita Blythe Elliott está aquí y desea verlo —la voz de Sandra Pennington tembló levemente, algo inusual en aquella impresionante mujer que había trabajado de secretaria de Adam durante los diez últimos años—. Insiste en hablar con usted de inmediato.

A Adam se le encogió el estómago. ¿Qué estaría haciendo Blythe allí? Llevaban unos dos meses sin verse, desde aquella noche en que ambos perdieron el sentido para acabar haciendo el amor como dos animales salvajes. El recuerdo de aquella noche lo excitó. Y lo último que quería era pensar en ello. Maldita sea, él había creído que tenía experiencia, y había acabado por llevarse la gran sorpresa de su vida.

Cuando se despertó a la mañana siguiente de aquella noche, descubrió que Blythe ya se había marchado; sólo su perfume permanecía en la cama. Había intentado llamarla. Había ido incluso a su apartamento, y ella le había cerrado la puerta en las narices. Y la había abordado en su floristería, con el único resultado de escuchar que lo odiaba y que no quería volver a verlo más.

Le había costado bastante, pero al fin se había convencido: lo que había sucedido entre ellos la noche del bautizo de Melissa Simpson no había sido más que una aberración, un suceso casual. Adam había aceptado ese hecho y había seguido adelante con su vida; o al menos lo había intentado. Se había citado con varias encantadoras señoras a lo largo de los dos últimos meses, pero cada vez que el asunto adquiría visos se seriedad, había creído ver un par de ojos de color castaño claro, mirándolo fijamente.

—Dígale a la señorita Elliott que entre.

Cuando Blythe entró decidida en el despacho, sin desviar la mirada de sus ojos y con la barbilla levantada con gesto desafiante, Adam se temió lo peor. Estaba seguro de que iba a producirse un enfrentamiento.

Parecía incluso más hermosa de lo que recordaba. Su cabello corto de color canela brillaba intensamente; llevaba una minifalda amarilla, una blusa a juego y un par de aretes dorados en las orejas.

—Si interrumpo algo, te pido disculpas —le dijo ella—. Pero no habría venido de no haber sido por un tema importante.

—Siéntate, Blythe. Dime por qué estás aquí.

Adam se preguntó por qué de todas las mujeres que había conocido a lo largo de los años, aquel pequeño demonio era la única de la que no había podido olvidarse. ¿Porque le hizo el amor siendo virgen? ¿Por qué descuidadamente se había olvidado de tomar precauciones la primera vez que le hizo el amor? Blythe se sentó en el borde de la silla, agarrando su bolso como si fuera un salvavidas.

—¿Te gustaría tomar una taza de café? ¿Té? ¿Un refresco? —Adam no dejaba de preguntarse en silencio por qué parecía tan nerviosa.

—No quiero nada, gracias.

—¿Cómo te ha ido? —le preguntó él.

—Bien. ¿Y a ti?

—No puedo quejarme —respondió—. Mira, no es que no me alegre de verte, pero tu visita me ha causado verdadera sorpresa. Hace dos meses, te negaste a verme; ni siquiera querías hablar conmigo por teléfono. Tengo que admitir que siento una gran curiosidad por saber lo que te ha traído hasta aquí.

Blythe pensó que aquello iba a resultarle más difícil de lo que había pensado. Adam se estaba comportando, si no con demasiada amabilidad, sí con la suficiente. Después de la manera en que lo había tratado, tenía todo el derecho del mundo a no hablarle. Pero entonces, ¿qué debería hacer? Habían cometido un error monumental... el mayor de su vida. Todavía no sabía por qué se había quedado aquella noche en la casa de Adam. ¿Por qué, después de resistir la tentación durante dos años, había tenido que ceder en aquel momento? Tan pronto había querido huir de su presencia, como al minuto siguiente se había lanzado a sus brazos.

—Quiero que sepas que no te considero responsable —Blythe bajó la mirada, incapaz de mirarlo a los ojos—. Fue culpa mía; debería haberlo previsto —se levantó, y al hacerlo se le cayó el bolso al suelo—. De hecho pensé en ello, pero jamás había sentido algo tan fuerte, tan intenso. Simplemente nunca había experimentado un deseo tan intenso por nadie.

—¿Qué sentido tiene ahora volver sobre lo ocurrido aquella noche, después de dos meses, cuando hasta ahora te habías negado a verme o a hablarme? —preguntó Adam, levantándose a su vez.

Blythe se inclinó para recoger su bolso y lo colgó del respaldo de la silla; luego se volvió para mirarlo. Parecía tan frío y distante como siempre; como el Adam Wyatt al que durante dos años había estado rehuyendo.

—No he venido para hablar de lo que sucedió hace dos meses. Bueno, en cierta manera, sí. Es decir, la razón de mi visita es que... después de que nosotros... nosotros...

—Hicimos el amor —continuó Adam por ella.

—Sí, después de que hicimos el amor, comprendí que te arrepentías de ello tanto como yo, y me di cuenta de que te sentías responsable, incluso culpable, porque yo era... bueno, yo era...

—La palabra es «virgen», cariño. Eras virgen.

21

—Bueno, sí, me pareció que no tenía sentido que nos culpáramos mutuamente de algo de lo cual ni tú ni yo tuvimos la culpa. Simplemente sucedió.

—Sucedió tres veces —repuso Adam sin poder evitarlo, y sin saber tampoco qué sentido tenía para ella, o para él mismo, recordarle aquello.

—Esto no es fácil para mí, ¿sabes? —Blythe se cubrió la cara con las manos; luego exhaló un profundo suspiro—. He tenido que hacer un gran esfuerzo para venir a contarte...

—¿Contarme qué? —le preguntó él—. ¿Que no me culpas a mí de la noche de pasión que vivimos los dos hace dos meses?

—No, no te culpo a ti, sino a mí misma —Blythe cerró los puños—. No espero que hagas nada, ni te pido nada. Simplemente pensé que tenías derecho a saberlo.

—¿A saber qué? —Adam la miró fijamente, con inquietud.

—¡Que estoy embarazada!

Ya estaba, ya lo había dicho. Lo peor ya había pasado; o al menos eso creía ella.

—¿Que estás *qué*? —Adam rodeó el escritorio con tanta rapidez que Blythe no tuvo ninguna posibilidad de escapar antes de que la agarrara con fuerza por los hombros, mirándola fijamente—. ¿Que estás *qué*? —repitió.

—Embarazada.

Tras unos momentos de vacilación e incredulidad, Adam le acarició los brazos, tomándola luego de las muñecas.

—Lo siento, Blythe. Nunca fue mi intención que esto sucediera.

—Lo sé —la joven se encogió de hombros, sonriendo temblorosa—. Ya te dije que no te culpaba por ello.

—¡Pues deberías hacerlo! —soltándola, se volvió de repente y golpeó la mesa del escritorio con los dos puños—. Durante todos estos años, después de mi divorcio, jamás hice el amor con ninguna mujer sin tomar precauciones. Ni una sola vez. Hasta aquella noche, contigo...

—Yo tampoco tomé ninguna precaución —repuso Blythe, deseando consolarlo—. Quiero decir que no estaba tomando la píldora...

—Bueno, ya no puedo cambiar lo sucedido —dijo Adam, volviéndose hacia ella—. ¡Ojalá pudiera hacerlo! Tenemos que soportar las consecuencias, tomar decisiones acerca de cómo vamos a enfrentar esta situación.

Blythe no sabía lo que había esperado que le dijera Adam, una vez que lo pusiera al tanto de lo ocurrido. ¿Negarle que era el padre? ¿Que le contestara que era problema de ella, no de él? ¿O acaso había secretamente esperado que se alegrara, la levantara en sus brazos, la besara y dijera que la amaba y que deseaba que tuviera ese hijo?

Pero Adam no la amaba más de lo que ella lo amaba a él. Si puediera hacer retroceder el tiempo y cambiar lo sucedido, lo haría.

—Supongo que has considerado todas las opciones —comentó él, preguntándose cómo reaccionaría en caso de que ella le dijera que pensaba abortar. Le diría que no podía hacerlo, que no quería destrozar la vida que habían creado juntos.

—Sí, ya he analizado todas las opciones con mi médico y con Joy.

—¿Se lo has dicho a Joy? ¿Craig y ella lo saben?

—Ayer mismo se lo dije. Fue ella quien me convenció de que viniera aquí para decírtelo. Me prometió que no le diría nada a Craig hasta que yo lo hablara contigo.

—¿Has tomado una decisión? —inquirió Adam, consciente de que él ya la había tomado con respecto al niño. Había dejado embarazada a Blythe, así que se responsabilizaría de la criatura. Se casaría con ella; era la postura más honorable que podía tomar.

—No quise abortar.

—Bien —exclamó Adam, aliviado—. Yo tampoco deseaba que lo hicieras.

—Mi médico y yo también estudiamos la posibilidad de entregar al bebé en adopción.

El doctor Meyers había intentado hablar de ese tema con ella, pero Blythe se había negado tajantemente. No tenía ninguna intención de entregar a su niño a unos desconocidos. En cuanto a Adam, estaba decidido a no permitírselo. En caso necesario, se haría cargo solo del bebé, tal y como hizo su padre con él.

—¿Adopción? Ni siquiera se me había pasado por la cabeza esa posibilidad.

—Yo la rechacé. Voy a tener a mi hija y a cuidar de ella —señaló Blythe, que ya había decidido que la criatura iba a ser niña. No podía imaginarse a sí misma embarazada de un niño... de un pequeño niño de ojos negros que crecería para parecerse cada vez más a Adam.

—¿De verdad vas a hacerte cargo del bebé? —preguntó Adam dejando escapar el aliento que había contenido hasta ese instante.

—He venido aquí para decírtelo porque Joy me señaló acertadamente que, como su padre, tenías derecho a saberlo —repuso Blythe desviando la mirada—. No espero que te sientas responsable, ni tengo la menor intención de pedirte ayuda alguna.

—¿Qué estás intentando decirme? —la agarró de un brazo cuando ella se volvía para darle la espalda—. Vienes aquí y me anuncias que vas a tener un niño mío, pero que no esperas que me sienta responsable. Bueno, cariño, será mejor que te lo pienses otra vez. El bebé también es mío —bajó la mirada al vientre plano de Blythe, con un gesto protector.

—¿Quieres responsabilizarte del bebé? —lo miró fijamente, sin dar crédito a lo que había oído.

—Claro que sí.

—¿Cómo es posible, Adam? No creo que exista ninguna forma de que los dos podamos compartir la responsabilidad de cuidar a la criatura.

—Bueno, tendríamos que encontrarla, ¿no?

Blythe se estremeció cuando él le puso una mano en el vientre; el contacto era tan inocente y, al mismo tiempo, tan abrumadoramente íntimo... Adam sonrió, recordando que ella se había referido a su bebé como *su hija*. Le encantaba; iba a tener una hija...

—Darás a luz dentro de siete meses... La ceremonia debería ser sencilla, pero elegante. Craig y Joy podrían hacer de padrinos.

Blythe estaba asombrada; se dijo que por fuerza debía de haber malinterpretado lo que él le había dicho. Era como si estuviera planeando una boda...

—¿Es que esperas que me case contigo?

—Por supuesto. Nuestro bebé no va a venir al mundo sin que su madre y su padre estén casados.

—Pero.... nosotros no podemos casarnos.

—¿Por qué no?

—Porque no nos queremos. Ni siquiera nos gustamos mucho —Blythe se liberó de la posesiva mano de Adam—. Hasta la noche en que... eh... hicimos el amor, no podíamos estar juntos en la misma habitación sin acabar discutiendo.

—Pues cuando estábamos juntos en la cama, no discutíamos. Todo lo que hicimos fue...

—¡No lo digas! Sé perfectamente lo que sucedió aquella noche. Ambos nos volvimos locos, pero ahora no estoy loca, y sé que no puedo casarme contigo. Sería un error.

—No casarse sí que sería un error. ¿Es que no lo ves? Estemos o no enamorados, aunque tengamos nuestras diferencias, estamos obligados a casarnos; se lo debemos a nuestro hijo, así como a nosotros mismos. Después de todo, Decatur es una pequeña y tradicional ciudad del sur, y ambos debemos velar por nuestras respectivas reputaciones.

—Tú no me gustas, Adam. Incluso aunque echáramos a perder nuestras reputaciones, eso sería mejor que intentar vivir juntos. Terminaríamos matándonos entre sí.

—Pues sí que te gustaba la noche en que concebiste a mi hijo. Me diste la impresión de que te gustaba absolutamente todo de mi persona —repuso Adam, riendo.

—Eso es típico de ti, recordarme la locura que me invadió... Aquel día fue muy intenso para mí; Joy bautizó a su hija con mi nombre, todo aquello me afectó mucho... Luego estalló la tormenta, y yo...

—Te comportaste como una mujer. Como una verdadera mujer. Tierna y cariñosa...

—Cometí el error de caer en tus brazos. Me parecías tan... irresistible y, por primera vez, cedí ante mis propios deseos. ¡Y mira lo que sucedió! —decidida a no llorar, Blythe apretó los dientes.

—¿Quieres que me reconozca culpable? —le preguntó Adam acercándose a ella y haciéndola retroceder—. ¿Quieres que asuma que la culpa fue mía? De acuerdo, lo asumo. No debía haberte hecho el amor. Sabía lo sensible y vulnerable que te sentías. Pero maldita sea, Blythe, no sabía que nunca habías estado con un hombre. Creía que habías hecho el amor con todos aquellos idiotas con los que salías.

—Bueno, pues no. La verdad es que no sé por qué no pude resistirme aquella noche.

—No pudiste resistirte, ¿eh? —le preguntó Adam, sonriendo.

Blythe le lanzó con fuerza el bolso, que cayó al suelo después de rebotar contra su pecho. ¿Por qué había reconocido delante de él que no había sido capaz de resistírsele aquella noche? Era una estúpida.

—Será una boda estupenda —señaló Adam, después de recoger el bolso del suelo y entregárselo—. Podemos pegarnos durante todo el día y hacer el amor durante toda la noche.

—No voy a casarme contigo.

—Si crees que te estoy sugiriendo un matrimonio de amor, entonces deja de preocuparte —Adam se dio cuenta de que tenía que realizar bien su jugada; de lo contrario Blythe podría salir de su despacho y de su vida, llevándose a su hijo consigo.

—¿Qué me estás sugiriendo entonces?

—Que nos casemos solamente por el bien de nuestro hijo, y para cuidar nuestras respectivas reputaciones. Ambos tenemos mucho que perder —observó a Blythe mientras reflexionaba en sus palabras, y vio que se estaba debilitando un poco; tenía que insistir un poco más—. Cuando nos casemos dormiremos, viviremos en habitaciones separadas, si eso es lo que quieres.

—¿Pero qué tipo de matrimnio sería ése?

—Un matrimonio puramente formal, en beneficio del bebé. Después de que ella... o él nazca, nos divorciaremos tranquilamente y compartiremos su custodia. No tendrá por qué haber ningún problema.

—Pero todo el mundo sabría... quiero decir que tendríamos que decirle a la gente que...

—No tienen por qué saber nada de nuestros asuntos particulares. Si quieres decírselo a Joy, yo no me opondré.

—No lo sé. No he venido a verte esperando que me propusieras que me casara contigo —«¡Mentirosa!», le gritó su propia conciencia. En lo más profundo de su corazón, había esperado que Adam encontrara una forma de arreglarlo todo.

—Piensa en ello. Háblalo con Joy —añadió Adam, y consultó su reloj—. Son las diez y media; tómate todo el día. Esta noche iré a buscarte para cenar; así tendremos oportunidad de hablar de la situación y hacer planes.

—De acuerdo; recógeme a eso de las siete —repuso Blythe. Después de todo, ¿qué daño podría hacerle reflexionar sobre su propuesta?

—¿Quién es tu médico? —le preguntó Adam deteniéndola cuando ya se disponía a salir.

—El doctor Meyers. ¿Por qué me lo preguntas?

—He pensado en llamarlo para...

—¿Para comprobar que realmente estoy embarazada? —levantó una mano con la intención de propinarle una buena bofetada. ¿Cómo se atrevía a pensar algo semejante?

Pero Adam le agarró el brazo en el aire, mientras le decía:

—No. Para que me explique de qué forma puedo ayudar a que este embarazo te resulte más fácil, menos incómodo.

—Oh —exclamó ella—. Es el doctor Meyers, de Decatur. Dentro de un mes tengo que volver para que me haga una nueva revisión.

—Te veré esta noche —se despidió Adam, tomándola de la barbilla—. Hasta entonces, cuida bien de ti y de nuestra hija —y la besó levemente en los labios.

Blythe lo miró con fijeza, sin devolverle el beso pero sin resistirse tampoco a aquella dulce intimidad.

—Hasta la noche —murmuró.

Adam observó a Blythe mientras salía al vestíbulo de su despacho, donde se encontraba sentada su secretaria.

—Me voy a casar, Sandra. Esa pequeña pelirroja es mi futura esposa.

—Felicidades, señor. Ignoraba que estuviera seriamente comprometido con alguien.

—Oh, pues lo estoy con Blythe Elliott. Más de lo que ningún hombre podría estarlo.

—¡Te ha pedido que te cases con él! —de rodillas en el suelo frente a su hija, Joy Simpson levantó su mirada asombrada hacia Blythe.

—No sé qué era lo que realmente esperaba —Blythe dejó su bolso en el mostrador de la trastienda de su floristería—. Pero ciertamente no me esperaba una propuesta de matrimonio.

—Bueno —repuso Joy después de limpiarle la boquita a su hija y levantarla en brazos—. Siempre he pensado que Adam era un hombre honesto...

—¡Ja! Si hubiera sido honesto aquella noche después de la fiesta del bautizo, ahora mismo no estaría embarazada.

—Para eso —Joy le puso una mano en un hombro— ya sabes que se necesitan dos. Y tú fuiste una entusiasta participante en lo que tuvo lugar aquella noche.

—Tienes razón en eso —replicó la joven, apretando los dientes; luego cerró los ojos y sacudió la cabeza—. No puedo casarme con Adam.

—No creo que sea positivo tomar una decisión tan apresurada —comentó Joy—. Después de todo, todavía no has tenido tiempo de pensar bien las cosas.

—No necesito más tiempo para pensármelo. No voy a casarme con Adam. Ya hemos cometido un estúpido error; sería rídiculo cometer otro.

—¿Por qué sería un estúpido error que te casaras con Adam?

—¿Cómo puedes preguntarme eso? —preguntó Blythe mientras procedía a revisar la correspondencia que había recibido esa mañana—. Sabes perfectamente lo que sentimos el uno por el otro. Adam no aprueba el tipo de mujer que soy y, ciertamente, yo tampoco apruebo la clase de hombre que es. Y sobre todo, no tenemos nada en común. Sólo conseguiríamos hacernos daño el uno al otro.

—Bueno, tengo que admitir que hasta ahora no parece que hayáis congeniado muy bien. Adam es uno de los tipos más anticuados que conozco y desde luego tú eres una mujer moderna. Pero también es verdad que tenéis algo en común.

—¿Qué?

—Una criatura que habéis engendrado juntos.

—Ah, eso —Blythe suspiró—. Pero a pesar de todo, sigo sin poder casarme con él. Todavía no nos hemos comprometido y ya me está dando órdenes. No me he pasado toda mi vida adulta rehuyendo enredos amorosos que pudieran conducirme al matrimonio y a la esclavitud para acabar casándome con un hombre de Neanderthal. Comprendes por qué no puedo casarme con Adam, ¿verdad?

—Comprendo tus razones, y convengo contigo en que generalmente es un error casarse con una persona sin quererla, pero tú estás embarazada.

—¿Y? —encogiéndose de hombros, Blythe abrió otro sobre, le echó un vistazo y lo tiró a la papelera—. En todo el país hay muchísimas madres solteras. No hay razón para que yo no pueda hacer lo mismo. Después de todo soy una mujer madura de veintiocho años, tengo un próspero negocio y mi mejor amiga estará a mi lado durante todo el embarazo. ¿No es cierto?

—Sí, claro, ¿pero qué pasará después de que nazca el niño? Craig y yo compartimos todas las responsabilidades de cuidar a Missy.

—Puedo cuidar a un bebé sin necesidad de tener un marido a mi lado.

—Bueno, no olvides que yo ahora sólo estoy trabajando dos días por semana. ¿Quién va a ayudarte a cuidar al bebé cuando estés trabajando? Podrías llevártelo contigo, supongo, como yo estoy haciendo con Missy ahora mismo, pero hacer eso todos los días puede que te resulte difícil.

—Me enfrentaré a esos problemas cuando lleguen. Y de alguna manera encontraré una solución.

—Te estás olvidando de varias cosas importantes.

—¿Qué cosas? —le preguntó Blythe.

—Recuerda dónde vives y quién eres —le dijo Joy—. Esto no es Nueva York ni Los Ángeles. Vivimos en el corazón de Alabama y a los ciudadanos de Decatur, clientes de tu floristería, no les gustan las madres solteras.

—Lo sé —frunciendo el ceño; Blythe sacudió la cabeza—. Adam ya me ha señalado que tenemos que mantener nuestras respectivas reputaciones, y velar por el futuro de nuestro hijo.

—Creo que también te estás olvidando de Adam. Él querrá formar parte de la vida de su hijo. Sólo porque no estés casada con él, eso no le priva de sus derechos como padre.

—Entonces, ¿qué me aconsejas que haga? —Blythe separó las facturas del resto de la correspondencia.

—Aceptar ese matrimonio formal sólo hasta el nacimiento del niño. Luego, conseguir un divorcio. Permitir que Adam le dé su apellido al niño y que los dos lleguéis a un acuerdo por lo que se refiere a los gastos de mantenimiento y a las visitas. Si conseguís llevaros bien, ése será el mejor regalo que podáis hacerle a vuestro hijo.

—Es exactamente lo mismo que me sugirió Adam. Pero quizá podamos resolver esas cosas sin casarnos. Si nos casamos, Adam querrá que cambie, y yo desearé que cambie él. Cada uno intentará hacer que el otro se convierta en lo que espera de su pareja ideal. Además, no sé si es posible que Adam y yo podamos llevarnos bien.

—Creo —sonrió Joy— que los dos ya lo habéis demostrado. Al menos, durante una noche.

—¡Joy!

—¿Y qué tiene de malo que la gente cambie un poco? Sé que Adam tiene un carácter un poco anticuado, tradicional, pero con un algún esfuerzo por tu parte, apuesto a que puedes «modernizar» su pensamiento.

—Tengo mis serias dudas —Blythe recogió los dos montones en que había dividido la correspondencia, le entregó uno a Joy y se llevó el otro a la pequeña oficina que estaba en la trastienda.

—Si ya has tomado una decisión —le dijo Joy, siguiéndola—, no comprendo por qué has aceptado cenar con él.

—No podía pensar con coherencia después de que me dijera que quería casarse conmigo. Me tomó por sorpresa. No esperaba que asumiera la responsabilidad de lo sucedido; jamás se me ocurrió pensarlo.

—Realmente no conoces para nada a Adam —repuso Joy, suspirando—. Porque es alto y grande, guapo y muy masculino, siempre te ha recordado inevitablemente a tu padre. Nunca le has dado la menor oportunidad. Seguro que la noche en que hicísteis el amor, tuviste que darte cuenta de que Adam no era como Raymond.

—No creo que sea exactamente como Raymond. Sé que Adam nunca absusaría de su mujer o la dominaría tan completamente que no fuera capaz de pensar por sí misma, pero...

—¿Pero qué?

—Pero Adam y yo somos personas completamente opuestas. Probablemente esperará que le prepare la cena todas las noches, que le lave la ropa y cosas así. El matrimonio sería un error tanto para mí como para él.

—¿Estás segura? —le preguntó Joy.

—Sí. No hay forma de que acepte casarme con Adam.

—¿Blythe está embarazada y tú eres el padre? —Craig Simpson abrió mucho los ojos, esforzándose al mismo tiempo por contener la risa.

—¿Qué diablos te parece tan divertido? —Adam paseaba por su despacho como un tigre enjaulado—. He dejado embarazada a una mujer. Y no a una mujer cualquiera, sino a Blythe Elliott —levantó los ojos al cielo y sacudió la cabeza—. ¡La única mujer de este mundo que me odia de manera visceral!

—Pues no debía de haberte odiado la noche en que hicísteis el amor —comentó Craig.

—No sé qué es lo que me pasó —Adam se pasó las manos por su espeso cabello oscuro, salpicado de gris—. He revivido mil veces aquella noche. Incluso antes de la revelación que hoy me ha hecho Blythe, he pensado en lo sucedido, intentando averiguar por qué terminamos haciendo el amor. Tan pronto estábamos discutiendo, como habitualmente hacemos, como al minuto siguiente.... Aquel día Blythe había llorado mucho. Yo quería consolarla, y...

—¿Y perdiste los estribos?

—Algo parecido. Fue como si ambos nos hubiéramos convertido en dos personas diferentes, y fuéramos incapaces de dejar de tocarnos.

—La atracción de los contrarios. Fíjate en Joy y en mí.

—Ya, bien, pero vosotros os sentísteis atraídos y os gustásteis desde el primer momento, y os enamorásteis. No ha sido así con Blythe y conmigo —Adam continuó paseando de un lado a otro destrás de su escritorio.

—Blythe y tú os sentísteis atraídos desde el primer momento, pero en lugar de admitirlo, luchásteis contra ello. Esa podría ser la razón de vuestras continuas discusiones.

—Blythe no es mi tipo. Yo prefiero a las mujeres que no están constantemente a la defensiva, que no dan a su desarrollo profesional más importancia que a su matrimonio —Adam se desplomó sobre la silla, detrás de su escritorio—. Y yo tampoco soy su tipo. Le recuerdo demasiado a su padrastro, al que al parecer desprecia profundamente.

—Así que el matrimonio está descartado, ¿no? —comentó Craig, estirando las piernas.

—No necesariamente —repuso Adam—. Creo que Blythe y yo deberíamos casarnos, por el bien de nuestro hijo y de nuestra propia respetabilidad. Ambos tenemos que pensar en nuestra reputación en la comunidad. Sería solamente un matrimonio formal, y nos divorciaríamos después de que naciera el niño. Luego compartiríamos su custodia.

—¿Blythe se ha mostrado de acuerdo con eso?

—Todavía no, pero estoy seguro de que al final lo hará. Después de todo, le conviene. Daré a nuestro hijo mi apellido, al igual que mi amor y mi apoyo económico durante el resto de su vida. Y cuidaré a Blythe durante el embarazo.

—Blythe no es el tipo de mujer que aceptaría dejarse cuidar por un hombre —rió Craig—. Es muy independiente. Joy me contó que una vez Blythe abandonó a su padrastro y a su madre, negándose a recibir nada de ellos. Y Raymond Harold no era precisamente un hombre pobre. Blythe se ganó la vida trabajando mientras estudiaba, y se independizó económicamente a la edad de dieciocho años.

—Hey, no se trata de que me comprometa a cuidarla durante el resto de su vida. Tú redactarás los documentos. Lo revisaremos todo escrupulosamente para que no haya malentendidos.

—Suena muy romántico —Craig levantó los ojos al techo, perdiéndose la amenazante mirada que le lanzó Adam.

—No hay nada romántico en mi relación con Blythe y tú lo sabes. La dejé embarazada y simplemente estoy intentando hacerme cargo de la situación.

—Si no recuerdo mal, una vez me dijiste que después de lo que te hizo Lynn, no tenías ninguna gana de volver a casarte.

—Sí, es verdad, pero tampoco tenía intención de dejar embarazada a ninguna mujer.

—¿Y si Blythe rechaza tu generosa oferta? —le preguntó Craig—. Puede que decida prescindir de ti y de tu dinero.

—Oh, se casará conmigo. Y aceptará todas las condiciones: el divorcio después del nacimiento del niño, la generosa ayuda económica y la custodia compartida. No voy a darle opción —Adam cruzó los brazos sobre el pecho.

—Creo que no conoces bien a Blythe Elliott —repuso Craig—. No es del tipo de mujer que reciba órdenes, especialmente cuando proceden de un hombre.

—Yo no soy cualquier hombre; soy el padre de su hijo. Y tengo ciertos derechos legales, ¿no?

—Te sugiero que no le menciones a Blythe eso de los derechos legales cuando la invites a cenar esta noche. Amenazarla sería lo mismo que agitar un trapo rojo delante de un toro.

—No tengo intención de amenazarla mientras esté dispuesta a mostrarse razonable, y creo que lo hará. Después de todo, le conviene sobremanera casarse conmigo.

—No estoy tan seguro de que Blythe lo vea de esa forma.

—No hay ninguna duda —replicó Adam inclinándose sobre el escritorio y mirando fijamente a Craig—: Blythe se casará conmigo.

—Sigue mi consejo, viejo amigo. Lleva cuidado con ella. Si presionas demasiado, luchará contra ti hasta el final.

—Esta noche desplegaré mis mejores encantos, y le haré a la madre de mi hijo una oferta que no podrá rechazar —se levantó de la silla y, sonriendo, le tendió la mano a Craig—. Tú vas a ser mi mejor aliado. Te llamaré mañana para comunicarte lo que Blythe y yo hayamos decidido esta noche.

Capítulo Tres

En el momento en que probaba el postre, Blythe comprendió que iba a ponerse enferma y a sentir ganas de vomitar. Había cometido una estupidez al pedir pescado ahumado, uno de sus platos preferidos. Todavía no podía creer que alguna vez se acostumbraría a sentir esas terribles náuseas tanto de día como de noche.

—Discúlpame —se levantó bruscamente de la mesa y se retiró con rapidez, para casi de inmediato darse cuenta de que no sabía dónde estaba el servicio de señoras. Mientras agarraba a un camarero del brazo, sentía un sabor amargo en la garganta—. El servicio —murmuró, temerosa de abrir la boca.

—Al otro lado de la esquina, a la derecha —le indicó el joven, mirándola con los ojos muy abiertos.

Adam la alcanzó justo cuando abría de golpe la puerta del lavabo.

—¿Qué diablos pasa? —le preguntó él.

Pero Blythe no tenía tiempo para explicaciones, así que terminó de entrar y le dio con la puerta en las narices.

—Blythe, ¿estás bien? —preguntó Adam, llamando a la puerta.

Se preguntaba qué podía haber sucedido. Estaban cenando tranquilamente mientras hablaban de música; los dos habían descubierto que compartían una pasión común: el buen jazz. De repente, el rostro de Blythe había adquirido un tono ceniciento y se había levantado de la mesa como si la persiguieran todos los demonios.

—¡Blythe!

—¿Puedo ayudarle, señor? —le preguntó un camarero.

—No, a no ser que pueda encontrar a una dama dispuesta a entrar aquí y averiguar lo que le sucede a mi amiga.

—¿Está enferma la joven dama, señor?

—No lo sé. Por eso necesito que alguien entre y averigüe lo que sucede.

—Bueno, señor, veré lo que puedo hacer —dijo el camarero antes de marcharse.

—¿Blythe? ¡Por el amor de Dios, mujer, contéstame! —gritó Adam. Esperó durante lo que le pareció una eternidad antes de que una atractiva morena pasara a su lado y abriera la puerta del servicio—. Señorita —la abordó, demasiado preocupado por Blythe para pensar en la impresión que pudiera dar a los demás.

—¿Sí? —preguntó la mujer, volviéndose para mirar a Adam de la cabeza a los pies.

—Parece que mi amiga se ha puesto enferma. Está dentro, y no tengo forma de saber si necesita mi ayuda o no.

—Oh, ya veo —la mujer se echó a reír—. Dígame cómo es su amiga y haré lo que me pide.

—Es pequeña, pelirroja. Y lleva un vestido blanco y negro.

—De acuerdo. Voy a ver cómo se encuentra.

—Gracias.

Adam esperó durante un rato más; tenía la frente perlada de sudor. ¿Era normal que las mujeres embarazadas se comportaran de una manera tan extraña? Por supuesto, había oído hablar de las náuseas matutinas, pero en ese momento eran más de las ocho de la tarde. De repente la atractiva morena asomó la cabeza por la puerta y le hizo un gesto para que se acercara.

—¿Se encuentra bien? —le preguntó Adam.

—Ha estado vomitando; se siente muy mal. Parece como si se fuera a desmayar de un momento a otro.

Sin pensar en las posibles consecuencias de sus actos, Adam entró en los lavabos. La puerta de uno de los cubículos estaba abierta, y vio a Blythe inclinada sobre el inodoro, vomitando. Después de quitarle la toalla de papel de la mano, le limpió la cara con ella.

—¿Náuseas matutinas por la tarde? Maldita sea, Blythe, ¿por qué lo tienes que hacer todo al revés?

—Déjame sola —musitó, dándole un manotazo en el brazo con que él le rodeaba los hombros.

—Voy a llevarte a casa y luego llamaré al doctor Meyers.

—Me pondré bien. Ya se me ha pasado la náusea. No creo que vuelva a vomitar.

—Pues entonces vamos —Adam la levantó en brazos—. Me has dado un susto de muerte al abandonar la mesa de esa manera.

—Por el amor de Dios, bájame ahora mismo —susurró, consciente de que la atractiva morena les había sonreído cuando pasaron a su lado al salir de los lavabos—. ¡Has perdido el juicio!

Dos camareros y el director del restaurante se encontraban en el pasillo, a la expectativa.

—¿Algún problema, señor Wyatt? —le preguntó el director—. ¿Podemos ayudarle en algo?

—Cargue la cuenta de la cena a mi nombre, y asegúrese de cobrarse una buena propina —respondió Adam—. Me temo que la señorita Adams ha sufrido una indisposición de estómago. Voy a llevarla a su casa.

—¡Oh! Espero que no haya sido por la comida... —dijo el director.

—En absoluto —exclamó Adam de camino hacia la salida, seguido por el director y los camareros—. Mi futura esposa va a tener un hijo y acaba de padecer una náusea matutina a una hora equivocada del día.

—¡Oh! —exclamaron al unísono los tres hombres.

Mientras esperaban a que un empleado fuera a buscar su coche, Adam seguía a negándose a bajarla a pesar de sus amenazas.

—¿Por qué has hecho eso? —le preguntó Blythe, furiosa ante la idea de dar un espectáculo semejante en público.

—¿Hacer qué? —preguntó Adam con falso tono inocente.

—Decirle a todo el mundo entero que voy a tener un bebé. Que los dos vamos a tenerlo.

—Porque es verdad.

—Ya sé que es verdad, pero no tienes por qué anunciarlo a todo el mundo, ¿no te parece?

—¿Te avergüenza llevar un hijo mío en tu vientre? —le preguntó Adam.

—¡Sí! ¡No! No me avergüenza en absoluto. Simplemente me incomoda que proclames con voz alta y clara que estoy embarazada, y me saques en brazos del restaurante, con un montón de gente mirándonos. ¿Qué pasa con nuetsras respectivas reputaciones, por las que estabas tan profundamente preocupado?

—El hecho es que estás embarazada, y dentro de pocos meses todo el mundo lo va a saber —cuando el empleado se presentó con su coche y les abrió la puerta, Adam hizo sentar a Blythe—. Además, no quería que el señor Dennison pensara que su deliciosa cena había sido la causa de tu malestar, ¿no estás de acuerdo conmigo? De todas formas, les dije que eras mi futura esposa —le cerró la puerta y rodeó el coche para sentarse al volante.

—Para tu información, Adam Wyatt, no hay una hora adecuada para tener náuseas matutinas. Esta palabra describe simplemente las náuseas que asaltan a una mujer embarazada tanto de día como de noche —Blythe le dio un manotazo cuando vio que intentaba abrocharle el cintutón de seguridad—. ¡Y no soy tu futura esposa! No he consentido en casarme contigo.

—¿Dejarás algún día de atacarme? Estoy harto de que me des manotazos cada vez que intento ayudarte —se quejó Adam, arrancando el coche.

—Entonces deja tú de ayudarme tanto —Blythe cruzó los brazos sobre el pecho, pensando malhumorada que aquella cena en Huntsville con Adam había sido un error. En el mismo momento en que se pasó por su apartamento para recogerla, debería haberle dicho que no iba a casarse con él.

Ninguno de los dos abrió la boca durante el trayecto al apartamento de Blythe, en el barrio sur de Decatur. Para cuando Adam salió del coche y lo rodeó para abrirle la puerta, Blythe ya estaba fuera, en el sendero de entrada, con la llave de su casa en la mano.

Adam se dijo que había vuelto a olvidarse de un pequeño pero importante detalle: Blythe no quería que él le abriera la puerta del coche, o pidiera por ella en el restaurante, todo ese tipo de galanterías pasadas de moda.

De repente, Blythe sintió que todo daba vueltas a su alrededor, y tuvo que apoyarse en el coche.

—Otra vez no —gimió.

Odiaba que Adam la viera en ese estado, tan débil y enferma. Pensaría que era otra de esas clásicas mujeres indefensas, y eso era lo último en lo que Blythe Elliott querría convertirse: en una mujer tan débil y sometida como lo había sido su madre. Blythe no podía recordar a su madre plantando cara a su marido. Lo que sí recordaba, y demasiado bien, eran las noches en que había permanecido despierta durante horas escuchando sus desesperados sollozos. Por eso se había jurado a sí misma que ningún hombre la dominaría jamás. Cuando dio un paso hacia adelante y se tambaleó, inestable, Adam la sujetó atrayéndola hacia sí.

—¿Mareada? —le preguntó.

—Un poco —admitió ella—. Quedémonos aquí unos minutos. Me pondré bien.

—Deberías entrar ya para tumbarte y descansar.

A pesar de sus protestas, Adam la levantó en brazos y la subió a su apartamento. Le quitó la llave de la mano, abrió la puerta y entró, encendiendo la luz. Después de apartar una mesa de café en el salón, tumbó a Blythe en el sofá. Cuando ya se disponía a buscar una manta para cubrirla, ella le dijo:

—Ni se te ocurra, Adam. Estamos en septiembre.

—¿Puedo ofrecerte algo? —le preguntó él, sentándose en una silla al lado del sofá—. ¿Un vaso de agua, un refresco, un whisky?

—Creo que un poco de agua mineral con gas me vendrá bien.

—¿Tienes en la nevera o necesito bajar a por ella?

—Hay un poco en la nevera, pero no quiero molestarte.

Blythe intentó levantarse, pero Adam se lo impidió con delicadeza, diciendo:

—Hasta ahora eres tú quien ha hecho el trabajo duro de cargar con el bebé. Creo que lo menos que puedo hacer es cuidarte un poco.

—No quiero que nadie me cuide; soy una mujer adulta. Puedo cuidar de mí misma —cruzó los brazos sobre el pecho, un gesto que repetía a menudo y que Adam encontraba cada vez más irritante.

—Espero que no vayas a comportarte así durante los próximos siete meses —repuso él cuando se disponía a abrir la puerta de la cocina—. Si lo haces, nuestro matrimonio va a resultarnos a los dos bastante desagradable.

—No tienes por qué preocuparte por eso, porque no va a haber...

—No puedo oírte —gritó Adam desde la cocina—. Espera a que vuelva para hablarme.

Nunca había estado antes en la cocina de Blythe, y se quedó sorprendido. Los armarios estaban pintados en brillantes tonos dorados, azules y rojos. Cuatro sillas de madera rodeaban una pequeña mesa cubierta por un mantel de vivos colores. Abrió la nevera y sacó una botella de agua que llevó al salón; luego, arrodillándose al lado del sofá, le ofreció un vaso a Blythe.

—Gracias —dijo ella.

—¿Qué me estabas diciendo cuando estaba en la cocina?

—Que no puedo casarme contigo.

Adam la miró fijamente durante unos minutos con expresión extraña; luego se levantó y se puso a pasear por la habitación.

—Voy a formar parte de este embarazo y de la vida de mi hijo tanto como si nos casamos como si no —dijo, interrumpiéndose con la mirada perdida—. Nuestra boda redundará más en tu beneficio que en el mío.

—¿Qué quieres decir? —Blythe se incorporó en el sofá.

—Bueno, tú serías una mujer casada embarazada, en vez de una soltera embarazada.

—Estupendo —Blythe se encogió de hombros—. Estamos en los noventa, no en los cincuenta. Muchas mujeres solteras tienen sus bebés.

—Pero no el mío. Y no en Decatur, Alabama.

—¿Quieres casarte conmigo porque piensas que es un gesto honorable por tu parte? —le preguntó Blythe, y como él no respondió sino que se limitó a mirarla incrédulo, se irritó aún más—. Eres un retrógado. Te gustaría gobernar tu familia con puño de hierro, haciéndote cargo de una pequeña mujer porque no ha tenido el suficiente sentido común para cuidar de sí misma.

—Maldita sea, Blythe, no pongas esas palabras en mi boca y no finjas saber cómo soy en realidad.

—Mi hija no necesitará un padre que la considere débil e indefensa, y la haga sentirse como una persona incompleta, con carencias —Blythe bajó las piernas del sofá.

—Me has confundido con otra persona —Adam se golpeó la palma de una mano con el puño cerrado—. Ninguna hija mía sería débil o indefensa, y jamás la haría sentirse de esa manera. Mi hija sabrá que es el ser más especial del mundo, y que haré cualquier cosa por ella.

—¡Mi hija no necesitará que ningún hombre cuide de ella! —Blythe se levantó de un salto del sofá, desafiando a Adam con la mirada.

—No estás pensando de forma razonable. Nuestro bebé, niña o niño, nos necesitará a los dos. Los bebés necesitan un cuidado constante.

Blythe maldijo su propia estupidez. Por supuesto que sabía que los bebés necesitaban un cuidado constante. Adam simplemente no comprendía lo que había querido decirle. ¡Era un hombre típico!

—No veo ventaja alguna en nuestra boda —la joven permaneció de pie entre el sofá y la mesa de café, mirando a Adam directamente a los ojos—. Si hubiera sabido que intentarías hacerte cargo de mi vida y de la de mi bebé, nunca te habría dicho que estaba embarazada.

—Bueno, el caso es que me lo dijiste, y me alegro de ello —Adam dio un tentativo paso hacia adelante, pero se detuvo al ver que ella retrocedía hacia el sofá—. En este momento, lo que los dos necesitamos hacer es pensar en lo mejor para nuestro bebé.

—¿Y qué piensas tú que es lo mejor para el bebé?

—Unos padres que estén casados cuando ella o él nazca. Unos padres que gocen de una custodia compartida, sin problemas. Una madre que no ponga constantenmente una mala cara al padre, y un padre que muestre respeto por la madre.

En teoría, Blythe se mostraba de acuerdo con Adam, pero no podía evitar preguntarse si en realidad creía en lo que había dicho, o si simplemente le estaba diciendo lo que ella deseaba oír.

—¿Ves lo que quiero decir, Blythe? ¿Te das cuenta?

Adam hizo otro intento de acercarse a ella. Al retroceder, Blythe tropezó con el sofá y cayó sobre los cojines, momento que él aprovechó para sentarse en la mesita del café y tomar sus temblorosas manos entre las suyas.

—No creo que podamos vivir juntos. Nunca nos llevaremos bien, y nuetras discusiones constantes perjudicarían al bebé —Blythe intentó liberarse—. Por favor, suéltame.

—Tendremos una boda exclusivamente formal —dijo Adam—. Asistiré contigo a las sesiones de gimnasia de embarazo y estaré presente durante el parto. Y una vez que nuestro hijo nazca y ya estés recuperada, nos divorciaremos. Ayudaré económicamente a mi hijo o a mi hija. Incluso os construiré una casa.

—Eso es muy generoso por tu parte. ¿Qué es lo que sacas tú de eso?

—Experimentar todos los aspectos de la paternidad.

—¿Y?

—Querré la custodia compartida.

—¿Qué quieres decir exactamente con eso? —le preguntó ella.

—El niño pasará parte del tiempo contigo y parte conmigo.

—No quiero casarme contigo —Biythe bajó la mirada hasta sus manos, y Adam se las soltó—. Y si eres sincero contigo mismo, estoy segura de que tú tampoco quieres. A pesar del hecho de que hayamos pasado una noche juntos, realmente no nos gustamos.

—Quizá podríamos aprender a gustarnos —repuso Adam—. Si nos diéramos mutuamente una oportunidad y realmente llegáramos a conocernos entre sí, podríamos llegar a ser amigos.

—Dudo que eso suceda alguna vez.

—¿Por qué no? —sonrió Adam—. Hace unos meses ninguno de los dos habría creído que nos convertiríamos en amantes, y mira lo que ha sucedido.

—Lo único que puedo prometerte es que me lo pensaré. Reflexionaré sobre todo lo que has dicho.

—¿Cuánto tiempo necesitarás?

—¿Cómo que cuánto tiempo?

—Sí, no tenemos todo el tiempo del mundo, ya lo sabes. No quiero tener que saberlo cuando ya te lleven al paritorio.

—No permitiré que me mandes ni tomes ninguna decisión por mí. Y no dormiré contigo.

—Si acepto esas condiciones, ¿te casarás conmigo?

—No lo sé. Tengo que pensarlo.

—Te concederé de plazo hasta la noche del sábado; entonces te recogeré para cenar y haremos los planes de la boda —Adam cruzó el salón, abrió la puerta principal y se volvió para lanzar una última mirada a Blythe—. Yo también tengo un par de condiciones para cuando nos casemos. No intentarás excluirme de nada que concierna a nuestro hijo, y no mantendrás relaciones con ningún otro hombre mientras dure nuestro matrimonio.

—¿No quieres que vea a otros hombres? —Blythe lo miraba con la boca abierta, asombrada; luego se echó a reír, sacudiendo la cabeza con incredulidad—. Dentro de unos meses tendré la figura de un tonel y tú temes que salga con otros hombres...

—Mi primera mujer me engañó —Adam exhaló un profundo suspiro—. Incluso aunque nuestro matrimonio no sea real, no me apetece que me engañen de nuevo.

—¿Y qué sucederá contigo? Tú... quiero decir, si no vamos a mantener relaciones sexuales, ¿te relacionarías con otra mujer...?

—Creo que puedo arreglármelas para abstenerme durante los próximos siete meses —respondió Adam.

—Entonces ambos nos comprometemos a no tener amantes mientras dure nuestro matrimonio, ¿no es eso?

Adam se esforzó por no sonreír. ¿Se habría dado cuenta Blythe de la manera en que había formulado su pregunta? No tener amantes no les impediría mantener relaciones sexuales *entre sí.*

—Te lo prometo —dijo él—. Nada de amantes.

—De acuerdo —asintió Blythe—. Consideraré tu propuesta, pero no te prometo nada hasta el sábado por la noche.

Adam cerró la puerta y se marchó, silbando durante todo el camino.

«La rodeó con los brazos mientras ella apoyaba la cabeza sobre su hombro. Podía sentir su calor, su fuerza y su poder masculino. Relajada, murmuró su nombre:

—Adam.

Acunada en su abrazo, se sorprendió a sí misma ansiando más... deseando y necesitando hacer el amor con aquel hombre. Cuando sus labios cubrieron los suyos, Blythe suspiró de placer y le rodeó el cuello con los brazos.

—Dulce y tierna Blythe —Adam delineó los rasgos de su rostro con las puntas de los dedos, trazando luego un sendero que desembocó en sus senos desnudos.

Ella gritó al sentir su caricia.

—Por favor, Adam.

—Iremos más despacio esta vez, cariño —dijo Adam—. Tenemos toda la noche».

El timbre del despertador irrumpió en su conciencia, sacándola de aquel dulce sueño que parecía tan real. Con los ojos todavía cerrados, apartó el edredón y se estiró. No quería despertar para enfrentarse a la realidad de otro día. Quería quedarse en su sueño, en aquel seguro lugar donde sólo existían Adam y ella.

De repente abrió los ojos, y se incorporó en la cama. ¿En qué estaba pensando? ¿Acaso había perdido el juicio? Había estado reviviendo la noche que pasó en la casa de Adam; la noche en que hicieron el amor; la noche que se quedó embarazada. Saltando de la cama, se calzó sus zapatillas y se dirigió al baño. Lo que necesitaba era una ducha y una buena taza de café para despejarse la cabeza y desterrar cualquier pensamiento sobre Adam Wyatt.

Bajo el chorro de agua caliente, se dijo que aquellos sueños tenían que terminar. Desde aquella noche en que perdió completamente el juicio, había estado soñando con que Adam le hacía el amor. Y como si esos sueños no hubieran sido suficientes, se había sorprendido a sí misma en numerosas ocasiones pensando en él, recordando las cosas que le había dicho. Recordando la forma en que la había tocado, y la manera en que ella le había acariciado...

Realmente no podía entender qué era lo que le había ocurrido aquella noche. Lo había deseado más que ninguna otra cosa en la vida. Adam le había hecho sentirse completamente segura y a salvo en el calor de su pasión, al contrario de lo que le había sucedido con los demás hombres, que le habían hecho experimentar desconfianza e inseguridad.

Blythe se frotó el cuerpo con el jabón de esencia de jazmín que llevaba utilizando durante años. Cuando se tocó los senos suspiró, incapaz de dejar de recordar el contacto de las manos de Adam, el delicioso tormento que le habían causado sus labios. No, el Adam que le había hecho el amor no era un ser imaginario; era real, tan real como el hombre que quería casarse con ella y ser el padre de su hija.

Se puso una mano sobre el vientre, todavía plano,

47

diciéndose que Adam estaba en lo cierto. Tenían que pensar ante todo en el bebé.

Sentado en su despacho, Adam cerró los ojos y se pasó una mano por el rostro. ¡Tenía que dejar de pensar en Blythe! Aquella mujer le estaba volviendo loco. Incluso desde la misma noche en que hicieron el amor, estaba presente en sus pensamientos burlándose de él con los recuerdos de aquellas apasionadas horas que pasaron juntos. Después de pasarse dos meses intentando averiguar exactamente lo que había sucedido y por qué, Adam no estaba más cerca de descubrir la verdad de lo que lo había estado la mañana que siguió a aquella noche. Blythe y él no se gustaban; nunca se habían gustado. Desde el mismo momento en que se conocieron, Blythe se había mostrado hostil y a la defensiva.

Si alguien se lo hubiera preguntado, él le habría dicho que a pesar de encontrar a Blythe extremadamente atractiva, nunca se habría arriesgado a entablar una relación con ella. Entonces, ¿qué había sucedido aquella noche? Se había asomado a aquellos hermosos ojos del color de la avellana y se había perdido. En aquellos breves momentos antes de que ambos perdieran todo control, había vislumbrado un aspecto de Blythe que ignoraba que existiera. Su tierno lado femenino, el lado que deseaba y necesitaba a un hombre. Y él había deseado ser ese hombre más que cualquier otra cosa en la vida.

Si se hubiera puesto un preservativo la primera vez que hicieron el amor, entonces no se habría encontrado con el dilema del embarazo de Blythe. Se culpaba a sí mismo, y no a ella. Incluso aunque ignorara que era virgen, la culpa había sido suya. Ni una sola vez después de su divorcio había hecho el amor sin tomar antes precauciones. Hasta que Blythe Elliott lo volvió loco de deseo.

Se echó a reír. ¿Quién habría creído que la pequeña señorita Blythe, con su nariz pecosa y su cabello de color canela, su lengua descarada y su aire de independencia, le había dejado completamente fuera de combate? Nunca había conocido a una mujer como ella. Por otro lado, no podía imaginársela haciendo el papel de madre; no veía nada maternal en ella. Pero le gustara o no, iba a tener un bebé, y él tendría que asegurarse de que fuera una buena madre.

No había pensado mucho en la paternidad, no desde la época en que Lynn y él intentaron concebir un hijo. Nunca había pensado en volver a casarse; la primera experiencia había resultado demasiado dolorosa. Había amado a Lynn, la había colocado sobre un pedestal, le había dado todo lo que le había pedido. Y ella le había traicionado con otro hombre. Después de ocho años el dolor había desaparecido, pero la amargura permanecía, quizá para siempre.

Quizá Blythe y él terminaran congeniando bien, después de todo. Él no confiaba en las mujeres y ella no confiaba en los hombres. ¿Pero cómo superarían su mutua desconfianza y llegarían a convertirse en los padres que se merecía su hijo? Una vez que Blythe se convirtiera en su mujer, lo primero era que aprendieran a ser amigos. Y una vez que estuvieran divorciados y compartiendo la custodia de su hijo, necesitarían ser capaces de presentar un frente unido, de tomar decisiones en común, de manera compartida.

Estaba dispuesto a hacer todo lo que fuera necesario por el bien de su bebé. El niño era lo que importaba. Su hijo. Y el de Blythe.

Capítulo Cuatro

Blythe se había tomado su tiempo para decidirse respecto a la propuesta de matrimonio de Adam. No se había dejado intimidar por él, a pesar de su acoso constante. Cualquiera habría pensado que su principal objetivo en la vida era casarse con ella, pero Blythe no se dejaba engañar; Adam Wyatt, machista chapado a la antigua, simplemente creía actuar por honor. No tenía más deseos de casarse con Blythe que ella misma de casarse con él. Pero había un hijo o una hija de por medio. Y en última instancia, su bebé era mucho más importante que lo que cualquiera de los dos pudiera desear.

Ese día era el señalado para la celebración de la boda. Blythe ya llevaba tres meses de embarazo y empezaba a notársele un poco. Adam se había ofrecido a financiar la ceremonia que eligiera. Le había ofrecido una boda de blanco con damas de honor, una propuesta muy tentadora, pero Blythe se había negado. Después de todo, el suyo no sería un matrimonio real, sino un procedimiento legal para dotar de legitimidad a su hijo.

Adam también le había propuesto un viaje de luna de miel, a cualquier parte del mundo que quisiera ir. Y de nuevo ella había declinado su oferta. Las lunas de miel eran para amantes, algo que Adam y ella jamás serían.

Al final habían convenido realizar una íntima y sencilla ceremonia en la casa del padre de Joy, en Decatur. Blythe no tenía familia, ya que hacía seis años que su madre había fallecido en un accidente de avión. Por otro lado, había preferido no invitar a sus otros amigos y conocidos, aparte de Joy y de Craig, que nunca habrían entendido cómo se había metido en una situación semejante.

Adam le había prometido no invitar a sus amigos o socios de negocios si ella consentía en celebrar una recepción de boda, en algún momento durante las semanas siguientes a la ceremonia. Reacia, Blythe había terminado por aceptar.

—¿Estás preparada? —le preguntó Joy, tendiéndole el ramo de rosas propio de la novia.

—Creo que nunca estaré preparada para casarme con Adam —respondió Blythe con una sonrisa forzada, aceptando las flores—, pero todo ya está atado y arreglado. Sólo resta el último acto oficial.

—¿Sabes? casarte con el padre de tu hijo no es de las peores cosas que podrían sucederte.

—Sí que lo es cuando se trata de Adam Wyatt.

—Pobre Blythe —Joy le dio unas palmaditas en la espalda—, que se ve forzada a casarse con un hombre guapo, rico, uno de los tipos más buenos y amables que he conocido en mi vida. Y que está considerado como el mejor partido de toda Alabama.

—Está claro que tu opinión sobre Adam difiere muchísimo de la mía.

—Eso es porque mi opinión de los hombres en general difiere muchísimo de la tuya. Si piensas lo peor de un hombre, jamás confiarás en él; siempre esperarás que cometa algún error. Si Adam y tú albergáis la esperanza de cimentar algún tipo de vínculo entre los dos por el bien de vuestro hijo, tendréis que aprender a confiar el uno en el otro.

—Su esposa le hizo mucho daño, ¿verdad? —inquirió Blythe.

—Craig dice que cuando ejerció por primera vez de abogado de Adam, cerca de un año después del divorcio, nunca había visto a nadie sufrir tanto —explicó Joy mientras le arreglaba el cuello del vestido de color rosa pálido—. Durante un par de años después del divorcio, bebía demasiado y se rodeaba de muchas mujeres.

—Por favor —le dijo Blythe riendo, pero con los ojos llenos de lágrimas—, dime que no voy a cometer el segundo gran error de mi vida.

—No estás cometiendo ningún error —le aseguró Joy—. Casarte con Adam es probablemente lo más inteligente que hayas hecho jamás. Para cuando nazca tu bebé, tengo la sensación de que toda esta experiencia os habrá hecho mejores a los dos, tanto a Adam como a ti.

Escucharon una música procedente del salón; Blythe ignoraba que Joy hubiera contratado a un arpista y a un violinista. Aquella melodía era demasiado romántica para una boda tan... forzada. Joy abrió la puerta de la habitación.

—¿Lista?

—No, pero adelante.

Joy, con un vestido similar al de Blythe, la precedió de camino al salón principal de la casa de estilo victoriano de su padre, Franklin Daniels, donde iba a tener lugar la boda. Craig se encontraba al lado de Adam, ambos vestidos de negro. Al hacer su entrada en el salón, Blythe mantuvo bien alta la cabeza, con la mirada fija en la Biblia que el pastor sostenía en sus manos.

Cuando los músicos ejecutaron el *Ave María*, las lágrimas asomaron a los ojos de la joven. En el momento en que entregó a Joy su ramo de flores, Adam la tomó de la mano. Su contacto era cálido; fuerte pero delicado.

Adam se llevó su mano a los labios y la besó con ternura. Blythe levantó la mirada hacia él, que se inclinó sonriente y le murmuró al oído:

—Todo saldrá bien. Te lo prometo.

Blythe asintió y después los dos se volvieron hacia el pastor.

Después, poco pudo recordar de la ceremonia. Indudablemente no había cometido ningún error, porque al final el pastor les declaró marido y mujer. Lo que nunca podría olvidar fue el beso que le dio Adam. Ella había esperado un beso rápido, nada más, pero para su gran sorpresa recibió uno largo, tierno y apasionado.

Ya en el elegante comedor de la casa del padre de Joy, Blythe se quedó boquiabierta al ver el pastel de boda, de varios pisos de altura, decorado con rosas de helado.

—Joy, ¿qué has hecho? —le preguntó.

—Bueno, es sólo un pastel de boda y un poco de champán. Menos para la novia, que bebe refresco de jengibre, claro está.

Joy parecía tan contenta que Blythe no tuvo corazón para reprenderla. No podía decirle que le estaba poniendo muy difíciles las cosas al convertir aquello en una ceremonia tan romántica.

—¿Tienes tu cámara fotográfica a mano, papá? —Joy convenció a su padre de que tomara algunas fotos, y luego se volvió hacia Blythe y Adam—. Vamos, vosotros dos, cortad el pastel.

Y los empujó hacia la mesa. Durante todo el rato, Adam no dejaba de agarrar a Blythe de la cintura.

—Después de cortarlo, Blythe, tú le darás un pedazo a Adam y él hará lo mismo —los instruyó Joy—. Y tú saca algunas fotos, papá.

Franklin obedeció al final, a pesar de sus protestas de que no era un fotógrafo profesional.

—Vamos, cariño —Adam le ofreció el cuchillo de plata a la novia—. No decepciones a Joy; se ha esforzado mucho por preparar este día tan especial para nosotros.

—Lo sé —Blythe sonrió a la cámara.

Los dos juntos cortaron el pastel e hicieron todo lo que les había ordenado Joy.

—¿Tenéis algún plan de luna de miel? —les preguntó Franklin.

—No exactamente —respondió Adam.

—Ninguno en absoluto —contestó Blythe.

En ese momento Franklin les hizo otra fotografía, en la que Blythe aparecía mirando ceñuda a su marido.

—Yo te explicaré la situación, papá —intervino Joy—. Adam y Blythe no van a pasar una luna de miel. Simplemente se van a ir a casa y a comenzar su vida juntos.

Blythe se estremeció. El pensamiento de compartir su vida con Adam le resultaba absolutamente intimidante, y la idea de vivir con él casi aterradora. En un principio, no había querido abandonar su apartamento. Adam le había pedido que se trasladara a su casa, pero ella se había negado y, en cambio, le había sugerido que continuaran viviendo separados. La respuesta de Adam había sido clara e inequívoca; no tenía ninguna intención de perderse ni un solo minuto de su embarazo.

Así, habían convenido en trasladarse a una casita de campo en las afueras de Decatur, que había pertenecido al padre de Adam, situada a sólo unos kilómetros de la casa de Joy y Craig. Tenía tres dormitorios, de manera que podían disfrutar de cierta intimidad, y aunque a Adam le quedaba un poco lejos de su oficina en Huntsville, Blythe estaba más cerca de su floristería de Decatur.

El trabajo de Blythe había constituido otro motivo de desacuerdo entre los dos. Adam había insistido en que no había razón para que continuara trabajando durante su embarazo. Ella le había recordado que no era simplemente una empleada de la floristería, sino su propietaria. Al final habían llegado a un compromiso; Blythe contrataría un par de empleados de media jornada para que la ayudaran los días que Joy no trabajase.

Lanzando una mirada a su alrededor, Adam se fijó en la forma en que los miraban Craig, Joy y el señor Daniels.

—Creo que están esperando que bailemos —le comentó a Blythe mientras la tomaba del brazo.

—¿Qué? —la joven lo miró fijamente, todavía aturdida por los sucesos de aquella jornada.

—Un baile para complacer a Joy, y luego creo que podremos irnos.

Rodeada por sus fuertes brazos, Blythe se dejó guiar. De repente se estremeció; cada vez que se acercaba a Adam, su cuerpo parecía recordar la noche de pasión que habían compartido y reaccionaba con un deseo que no podía negar.

Se movían lentamente al ritmo de la romántica melodía, Adam sonriéndole como si fuera realmente feliz, como si no acabara de casarse a la fuerza, por una cuestión de honor.

Adam sabía que la boda había sido más difícil para Blythe que para él. Si no se hubiera mostrado tan dispuesta a mantener las distancias durante el tiempo que durara su matrimonio, él podría haber encontrado la situación más que tolerable. Pero tal como estaban las cosas, tenía frente a sí siete meses, más lo que tardaría en formalizarse su divorcio, de forzada abstinencia.

De cualquier forma, haría lo que tenía que hacer. Aunque muriera en el intento, se haría cargo de Blythe e intentaría que los próximos siete meses fueran lo más fáciles y cómodos para ella.

Además, esperaba que durante todo ese proceso Blythe aprendiera a conocerlo.

Blythe y Adam se encontraban en el porche de la casa de campo. En cierta ocasión el padre de Adam le había dicho a su hijo con orgullo que, pocos años después de su boda, había adquirido especialmente aquella casa para su esposa.

—¿Qué estás haciendo? —inquirió Blythe cuando Adam la levantó en brazos nada más abrir la puerta.

—Cruzar el umbral con la novia en brazos —respondió mientras entraba en el salón.

—Esto es ridículo. Creo que se te ha subido a la cabeza esa boda estúpida que nos ha preparado Joy. ¡Bájame!

La dejó en el suelo con lentitud y sensualidad; estremecida, Blythe se apartó de él. Luego, Adam encendió las luces. En la mesa del salón había flores y una botella de zumo de manzana.

—Supongo que esto también es cosa de Joy —al observar las grandes y ventiladas habitaciones, de colores cálidos, y el mobiliario de roble, pensó que aquella casa había sido decorada para satisfacer los gustos de un hombre.

—¿Te refieres a las rosas y al zumo de manzana con gas? —le preguntó Adam—. No, eso ha sido idea mía.

—Oh.

—Puse tus cosas en el dormitorio más grande —Adam se quitó el abrigo y se aflojó la corbata.

—Gracias. Creo que me quitaré este vestido y me pondré unos vaqueros —Blythe tenía que escapar de Adam, escapar de aquellos oscuros ojos que parecían formularle preguntas que ella no quería responder.

Abrió la puerta de su dormitorio y se quedó boquiabierta. ¿Qué le había sucedido? Lo recordaba bien de cuando Craig y Joy habían vivido allí hacía cerca de un año, mientras esperaban a que terminaran de construir su nueva casa. Antes la decoración de aquella casa era totalmente masculina, con tonos verdes y marrones; en cambio, ahora estaba pintada de rosa pálido... su color favorito. Cada mueble, de madera de mahogany, era una pieza de antigüedad. Una colcha multicolor adornaba la cama de dosel.

Con las lágrimas asomando a sus ojos, Blythe se mordió el labio. Maldijo a Adam Wyatt. ¿Por qué había hecho algo tan absolutamente dulce y romántico? Había redecorado por completo aquella habitación... para ella. Enjugándose las lágrimas, rebuscó en el armario hasta encontrar unos viejos vaqueros y un suéter rojo, de manga corta.

Cuando se estaba poniendo los pantalones, dándose cuenta de que no podía abrocharse el botón debido al engrosamiento de su cintura, escuchó una música procedente del salón. Era una versión jazz de *Summertime*, su melodía preferida.

No podía permitir que todo aquello la afectara: la romántica ceremonia de boda, Adam entrando en la casa con ella en brazos, aquel precioso dormitorio... No podía permitir que todo aquello la hiciera sentirse débil y vulnerable. Desde el principio, el hecho de bajar la guardia había sido el motivo de que se viera involucrada en aquel embrollo. La reputación de Adam Wyatt con las mujeres no era ningún secreto; conocía exactamente todas las teclas que había que pulsar para seducir a una mujer.

Suspirando, Blythe intentó en vano abrocharse los vaqueros. Y Adam fue a elegir ese preciso momento para llamar a la puerta y entrar. Al ver que no había podido abrocharse el botón, sonrió.

—Parece que muy pronto tendremos que conseguirte una nueva ropa.

—No —Blythe se bajó el suéter para cubrirse la cintura—. Estos vaqueros siempre me han estado un poquito ajustados.

—Me gusta cómo te quedan.

—¿Quieres algo? —le preguntó ella mirándolo fijamente, con las manos en las caderas—. ¿Tenías alguna razón para entrar aquí sin que te invitara?

—¿Sin que me invitaras? —preguntó Adam—. ¿Es que necesito una invitación tuya para entrar en tu dormitorio?

—Sabes que sí. Si vamos a vivir juntos, tendrás que aprender a respetar mi intimidad.

Adam exhaló un profundo suspiro. ¡Ya estaba empezando de nuevo! ¿Cómo iba a soportar siete meses en esas condiciones?

—De acuerdo, no entraré aquí sin contar antes con una invitación tuya —dijo Adam—. Ahora mismo venía a decirte que he preparado unos vasos de zumo para los dos y he puesto música. Pensé que te gustaría sentarte en el salón a charlar un rato.

Blythe se arrepintió de su propia reacción. ¿Qué había pensado que quería Adam de ella? ¿Violarla? ¿Llevarla a la cama contra su voluntad?

—¿Hablar sobre qué?

—Simplemente hablar —Adam se encogió de hombros—. Podríamos dejar claras algunas reglas domésticas, cosas como que no entre en tu dormitorio sin tu permiso.

—De acuerdo.

Descalza, Blythe siguió a Adam al salón y se sentó en el sofá. Él le entregó una copa de champán llena de zumo, y levantó la suya.

—¿Qué te parece un brindis? —preguntó, y al ver que ella asentía, añadió—: Por que nos toleremos el uno al otro durante siete meses, y hagamos todo lo posible por hacernos amigos, en bien de nuestro hijo.

Mientras bebía, Blythe se preguntó si habría alguna esperanza para los dos. ¿Podrían llegar a convertirse en amigos?

—Siento haberte dicho esas cosas cuando entraste en mi habitación. Lo que pasa es que no quiero...

—No hay razón alguna para que me tengas miedo, Blythe. No albergo ningún siniestro plan de seducirte, si es eso lo que te preocupa —Adam apuró su vaso de zumo y lo dejó sobre la mesa—. Lo que sucedió entre nosotros la noche de la fiesta del bautizo de Melissa, me resulta tan misterioso como a ti.

—Sabes —repuso ella, intentando en vano no ruborizarse— que esto no es lo que yo quería. Quiero decir, que tú y yo nos sintiéramos obligados, atados...

—Lo sé y lo siento.

—Yo también, pero supongo que ya es demasiado tarde para que cualquiera de los dos pida disculpas —añadió Blythe—. Cuando Joy se quedó embarazada de Melissa, me di cuenta de lo mucho que quería tener un hijo. Casarse no estaba en mis planes, así que supuse que jamás me quedaría embarazada. Estaba en un error —intentó reír, pero no pudo.

—No somos la primera pareja que cae en «la trampa del amor», como algunos la llaman y no seremos la última —Adam se sentó al lado de Blythe, apoyando un brazo en el respaldo del sofá.

—«La trampa del amor» —repitió ella—. Atrapados por nuestra propia estupidez.

—Atrapados por nuestro propio deseo —la voz de Adam era baja y profunda; de reojo miró a Blythe, que tenía la mirada fija en él, con los ojos anegados en lágrimas.

—Nunca dejaremos saber a nuestra hija que nos sentimos atrapados por el hecho de concebirla —dijo ella—. Ella siempre se sentirá querida y deseada, a pesar de todo.

—No te preocupes. Yo sólo quiero lo mejor para nuestra hija —le aseguró Adam—. Ese es el objetivo de nuestro matrimonio, ¿no?

—Sí —sonrió Blythe—. Bueno, si vamos a vivir juntos durante los próximos meses, podríamos establecer algunas reglas, ¿de acuerdo?

—No hay necesidad de que te encargues de la limpieza de la casa —dijo Adam—. Pearl puede encargarse de eso.

—No. Nunca he tenido una asistenta y no la voy a tener ahora. Nosotros mismos podemos encargarnos del mantenimiento de la casa, ¿no te parece? ¿O piensas que la limpieza del hogar es un trabajo de mujeres?

—Creo que prefiero que venga Pearl y haga el trabajo, pero si tú no quieres, los dos nos haremos cargo y ella sólo vendrá una vez por semana, para las tareas más pesadas. Temporalmente.

Blythe le lanzó una fría y desaprobadora mirada.

—Bien, ¿pero qué pasa con la cocina? —preguntó—. Creo que deberíamos hacer turnos de comida, si estás de acuerdo.

—No tengo mucha experiencia —dijo Adam—. Creía que tú te encargarías de eso. Supongo que sabrás cocinar, ¿no?

—Sí, sé cocinar —«y antes de que finalice este matrimonio, tú también sabrás, te lo aseguro», pensó Blythe.

—Bien. Estoy deseando encontrarme con una buena comida casera cada noche —comentó Adam.

Blythe fingió una sonrisa. Estaba segura de que eso sucedería. Adam quería una buena mujercita que le estuviera esperando con la cena preparada cuando volviera del trabajo.

—Cocinaré la cena con mucho gusto una de cada dos noches —le informó ella—. El otro turno corre de tu cuenta. Y no te preocupes, no tendrás que cocinar si no quieres. Me conformaré con que me invites a cenar fuera.

—De acuerdo —Adam hizo una mueca, pero al fin asintió—, estupendo. Asunto arreglado.

Blythe quería tratar otros puntos a propósito de las reglas que iban a observar en la casa. A pesar de lo que Adam había dicho, ella pensaba que probablemente tenía intención de compartir su cama cada noche.

—No entraré en tu habitación sin que me llames, y tú tampoco en la mía —dijo Blythe.

—Conforme.

—Generalmente entro a trabajar a eso de las nueve, y me levanto a las siete. Podríamos desayunar juntos, si quieres —Blythe no podía imaginar cómo sería sentarse a desayunar cada mañana con Adam Wyatt—. Por supuesto, algunas mañanas no podré comer nada.

—¿Quieres decir que realmente vas a padecer náuseas matutinas por la mañana? Increíble —comentó él, riendo entre dientes.

—El doctor Meyers —le informó Blythe, riendo también— dijo que no duraría mucho tiempo.

—Quiero acompañarte cuando vayas a la próxima revisión.

—Eso no será hasta dentro de unas semanas.

—Quiero asegurarme de que tengas un embarazo sin problemas, lo más agradable posible —a pesar de las circunstancias de la concepción del bebé, Adam lo deseaba intensamente. Nunca había tomado conciencia de lo mucho que ansiaba tener uno hasta ese día, hacía ya cerca de un mes, cuando Blythe le anunció que estaba embarazada—. Estaré a tu lado hasta el final. Vamos a hacer esto juntos, ¿recuerdas?

Blythe se preguntó si Adam querría realmente compartir todo con ella. No estaba segura. Si él fuera su marido de verdad, y no formalmente, sería distinto. Si su hijo hubiera sido concebido por el amor y no por la pasión...

¿Era Adam Wiatt un hombre capaz de amar? Era muy capaz de apasionarse, de experimentar sentimientos de posesión y protección pero... ¿era capaz de amar? Tenía muy serias dudas al respecto.

¿Y qué pasaba con ella? Quería a Joy y a Melissa, y apreciaba a Craig. Había amado a su madre, incluso mucho tiempo después de haber dejado de respetarla. Pero... ¿amar a un hombre? Quizá ella fuera tan incapaz de amar como Adam. En cualquier caso, aunque ellos no se quisieran, querrían a su hija. Ya había empezado a amar a su bebé, a su pequeña niña...

Adam observaba detenidamente a Blythe, preguntándose en qué estaría pensando. ¿Desearía no estar embarazada? ¿Se estaría arrepintiendo de su decisión de tener el bebé? Una vez que lo tuviera, ¿llegaría Blythe a ser la clase de madre que había sido la suya, decidiendo que su propia libertad era más importante que su hijo? Si eso sucedía, él estaría allí para hacerse cargo de su hijo o de su hija, como había hecho con él su propio padre.

—Supongo que hay cosas que tendremos que aprender sobre la marcha —comentó Blythe—. Nunca he vivido con un hombre. Quiero decir...

—No te preocupes —dijo Adam—. Aunque vivamos en la misma casa, eso no quiere decir que realmente estemos viviendo *juntos*.

—Tienes razón —Blythe se levantó—. Creo que voy a acostarme. Ha sido un día muy largo y estoy cansada.

—Te veré por la mañana.

Adam la observó mientras se retiraba a su dormitorio. Esa era la habitación que él siempre había ocupado cuando se quedaba a pasar alguna noche en la casa, y que había redecorado siguiendo escrupulosamente las sugerencias de Joy.

Adam se fue a la habitación de los invitados, que había sido su dormitorio cuando todavía vivía en la casa, con su padre. El viejo se había negado a trasladarse hasta que falleció de un ataque al corazón, doce años atrás. Y Adam, que nunca había llevado a ninguna mujer a la casa de su padre, estaba viviendo ahora mismo allí, con su esposa...

Después de ducharse se metió en la cama, pero no pudo conciliar el sueño. Se preguntó por qué no podía dormir. Que aquella fuera teóricamente su noche de bodas no era razón para que se atormentase a sí mismo. El pensamiento de que su mujer estaba a sólo unos metros de él, al otro lado del pasillo, hacía que se volviera loco preguntándose cómo sería hacer nuevamente el amor con ella.

Ella no lo quería; eso se lo había dejado perfectamente claro. Entonces, ¿qué diablos le sucedía? ¿Por qué quería a una mujer que no le correspondía, una mujer a la que ni siquiera gustaba? Al fin Adam cayó en un sueño inquieto, salpicado de imágenes de Blythe descansando desnuda en sus brazos, suplicándole que la amara, gritando su nombre.

Se despertó sobresaltado, sudando. Necesitaba tomar una bebida, algo que le ayudase a dormir. Se puso su bata de seda y abrió sigilosamente la puerta de la habitación. Cuando salió al pasillo, oyó un peculiar sonido; eran sollozos estrangulados. Alguien lloraba. Era Blythe.

Agarró el pomo de la puerta de su dormitorio. Luego recordó que ella le había dicho que no entrara sin que antes se lo autorizase, así que acercó el oído a la puerta, escuchando los ahogados sollozos con el corazón acelerado.

Llamó suavemente. No hubo respuesta, pero los sollozos cesaron. Llamó de nuevo, en esa ocasión con más fuerza.

—¿Sí? —preguntó Blythe con voz débil.

—¿Puedo entrar?

—No, yo... ¿qué quieres, Adam?

—Te he oído llorar. Quería asegurarme de que te encontrabas bien...

—¡Estoy perfectamente! —exclamó con voz enérgica, aunque temblorosa.

—¿Cómo puedo saberlo?

—Oh, entonces entra y compruébalo por ti mismo.

Adam abrió la puerta. Blythe se encontraba sentada en la cama, cubriéndose hasta la barbilla con las sábanas. La habitación estaba bañada por la luz de la luna, que se filtraba a través de las cortinas de encaje de las ventanas.

Se acercó a la cama, encendió la lámpara de la mesilla y observó a Blythe. Estaba despeinada, con los ojos llorosos, la nariz enrojecida. Preocupado, se preguntó durante cuánto tiempo habría estado llorando.

—No estás muy bien que digamos. ¿Qué te pasa, nena? ¿Qué es lo que va mal? —deseaba consolarla, pero no se atrevía.

—¿Cómo puedes preguntarme qué es lo que va mal? Yo... estoy embarazada y me he casado contigo —contuvo un sollozo—. ¡Y deja de llamarme «nena»!

—Lo dices como si eso fuera un destino peor que la muerte —repuso él encogiéndose de hombros, y se sentó en la cama, a su lado.

—Sé que debería sentirme agradecida; eso es lo que siempre me dice Joy. Estás considerado como el mejor partido de toda Alabama, ¿sabías eso? Y yo te he cazado en la «trampa del amor» —se le inundaron los ojos de lágrimas—. Pero la verdad es que yo misma me siento atrapada, como si hubiera caído en una trampa que me arrebatara la vida...

—Lo siento —Adam no sabía qué decir, ni qué hacer. Su esposa había estado llorando durante horas sencillamente porque se había casado con él.

—No es culpa tuya —repuso ella.

—Entonces, ¿de quién es? —le preguntó Adam.

—De acuerdo, es culpa tuya. Y mía también. Esta es mi noche de bodas y lo único que puedo pensar es... —por un momento estuvo a punto de decir: «en la noche que pasamos juntos haciendo el amor».

—¿Qué es, Blythe?

—Que una noche de bodas no debería ser así.

—¿Cómo debería ser?

Las lágrimas corrieron de nuevo por sus mejillas, y al intentar limpiárselas soltó la sábana que sostenía entre los dedos. Adam se quedó sin aliento al descubrir la ropa interior de seda rosa que llevaba. Maldijo para sus adentros, pensando que se suponía que a las pelirrojas no les sentaba bien el color rosa; al parecer, Blythe era una excepción; estaba como para comérsela.

—Feliz... —sollozó con más fuerza—... una noche de bodas debería... ser... ser feliz.

—Tienes razón, una noche de bodas debería ser feliz —Adam la atrajo hacía sí y ella no se resistió, aunque permanecía muy tensa—. ¿Qué puedo hacer para que seas feliz?

Blythe lo miró fijamente, temblando.

—No voy a mantener relaciones sexuales contigo. Nada de sexo. Eso formaba parte de nuestro trato.

—De acuerdo, nada de sexo. ¿Qué otra cosa podría hacer para que fueras feliz? —sonrió Adam.

—¡Esto no es nada divertido! —replicó ella, apartándose bruscamente y golpeándolo en un brazo con toda la fuerza de que fue capaz.

—¡Ouch! —Adam se resintió del golpe; luego la agarró y la besó en la nariz—. ¿A ti no te parece divertida esta situación? Bueno, pues a mí sí. Aquí estamos, llevamos menos de veinticuatro horas casados y todo lo que hemos hecho ha sido discutir, excepto cuando te has puesto a llorar. Te propongo que me digas de qué forma puedo hacerte feliz y tú te niegas a responderme.

—No puedes hacer nada por mí, aparte de dejarme sola.

—Bueno, no puedo marcharme y dejarte aquí llorando durante el resto de la noche.

—¿Qué te importa a ti?

—El hecho de que estés tan alterada no es bueno para el bebé —Adam había dicho la primera cosa que le había pasado por la cabeza; una explicación que esperaba que Blythe aceptase sin discutir.

—Oh.

—Entonces, ¿qué puedo hacer para que el bebé y tú seáis felices esta noche?

—Podrías prepararnos unas palomitas, servirnos

un zumo de manzana con gas, y quedarte levantado el resto de la noche viendo conmigo el maratón televisivo de películas del conde Drácula, que está programado para este fin de semana.

Ella misma no sabía por qué le había sugerido algo tan absurdo. Pensaría que estaba loca.

—¿Te gustan las películas de terror?

—Me encantan.

—A mí también.

—¿Estás bromeando?

—Vamos, nena; quiero hacer de ti una mujer feliz —levantándose, Adam le tendió la mano.

—Dame mi bata. Y no me llames «nena».

Cuando las primeras luces del alba iluminaron el cielo, Blythe dormía plácidamente en los brazos de Adam, en el sofá del salón. Un cuenco de palomitas descansaba sobre la mesa del café, al lado de dos vasos vacíos. En la pantalla de la televisión, que todavía seguía encendida, Drácula procedía a seducir a una de sus jóvenes y hermosas víctimas.

Adam le acarició un brazo pensando que Blythe era tan delicada, tan frágil... y la mujer más exasperante que había conocido jamás. Y había algo vulnerable en ella. Debajo de su apariencia de mujer independiente, desafiante, latía el corazón de una niña solitaria y desgraciada.

Si pudiera ser paciente, tierno y delicado... ¿consentiría Blythe que cuidase de ella? ¿Aprendería alguna vez a confiar en él? ¿O los siete meses siguientes serían un constante conflicto de voluntades?

¿Qué esperaba él de Blythe? ¿Qué esperaba de sí mismo, de su matrimonio? Sentado allí, abrazándola, con el cuerpo duro y tenso de deseo, Adam se maldijo por ser tan estúpido. Había caído en una trampa... que él mismo se había tendido.

Capítulo Cinco

—Blythe, ¿dónde diablos están mis calcetines marrones? —preguntó Adam mientras rebuscaba en un cajón del armario—. ¿No lavaste los oscuros la otra noche?

Maldijo en silencio. No estaba acostumbrado a vivir de esa forma, a merced de una mujer con tan escasas habilidades domésticas. Desde su divorcio había contado con una asistenta que realizaba todas esas labores.

—Mira en la secadora —le gritó Blythe desde su habitación—. Ahora no tengo tiempo de buscarte nada.

Gruñendo, Adam salió descalzo de su dormitorio para ir al cuarto de lavado. Allí se encontró con un gran cesto lleno de toallas sin doblar y manoplas de baño, y al lado, con un montón de calcetines arrugados; al cabo de un rato, encontró los marrones que buscaba.

Tres semanas de matrimonio habían transcurrido; tres semanas que habían estado a punto de matarlo. ¿Pero qué se había esperado? Un matrimonio exclusivamente formal, que había empezado sin una apropiada noche de bodas, difícilmente podía presagiar días de dicha conyugal y noches de pasión. Él era un hombre casado que había tenido que renunciar a su casa, a su asistenta y a su vida sexual. ¿Y por qué? Por una irritable pelirroja que no se acostaba con él, raras veces tenía la comida preparada cuando volvía a casa del trabajo... ¡y ni siquiera se molestaba en buscarle unos calcetines!

Al pasar al lado del dormitorio de Blythe, se detuvo para observar sus esfuerzos por domeñar su rebelde pelo de color canela. Después de pasarse el cepillo una y otra vez, acabó por lanzarlo al suelo.

—¿Problemas? —preguntó él.

—¿Has encontrado tus calcetines?

—No tendrías que preocuparte por el lavado de la ropa —comentó Adam, después de asentir a su pregunta—, si consintieras en dejar que lo hiciese Pearl.

—Eso no formaba parte de nuestro acuerdo —repuso Blythe—. Acordamos compartir todas las responsabilidades del hogar, ¿no? ¿Cómo podemos hacerlo si contratas a tu asistenta para que haga tu parte?

—También haría la tuya —apoyándose con una mano en el marco de la puerta, Adam se dispuso a ponerse un calcetín—. Es obvio que no eres lo que se dice muy eficiente como ama de casa, así que... ¿qué sentido tiene seguir con esto?

—Ya te dije antes de que nos casáramos que nunca sería el tipo de esposa hogareña que esperabas.

—¿Que dejes mis calcetines perfectamente localizables cuando te toca turno de lavado de ropa es pedirte mucho? ¿Que me prepares una comida decente los días que te toca cocinar también es pedirte mucho? No lo creo.

—¡Te preparo comidas decentes! ¿Qué tenía de malo la cena que te hice ayer? —lo fulminó con la mirada, con las manos en las caderas.

—Para empezar, no estaba preparada cuando llegué a casa. Y para seguir, nuestra cena consistió en dos pollos de encargo con algunas galletas de chocolate.

—¿Y?

—Pues que, si no lo has notado, soy un hombre grande con un gran apetito. Con ese pollo y esas galletas rancias no tenía ni para empezar.

—Las galletas no estaban rancias.

—Todos esos problemas domésticos podrían resolverse así —chasqueó los dedos— si fueras razonable y consintieras en que Pearl viniera todos los días. Le estoy pagando un salario por hacer prácticamente nada; sólo limpiar el polvo de mi apartamento.

—Esta no es una casa grande y sólo estamos nosotros dos. No necesitamos una asistenta. Si te comprometieras un poco e hicieras algunas concesiones...

—Lo que tú quieres es que yo cambie de forma de vida para complacerte —dijo Adam.

—Esta mañana me toca a mí preparar el desayuno —comentó Blythe cambiando de tema y saliendo al pasillo, de camino a la cocina—. Espero que te conformes con un café, cereales y un plátano. El café descafeinado, por supuesto.

Adam murmuró entre dientes, pero no dijo una palabra. Sabía que el desayuno que Blythe pensaba preparar era más sano para ella y para el bebé que lo que prefería él, huevos con beicon y galletas. Por otro lado, y contra todo pronóstico, había esperado que Blythe lo sorprendiera agradablemente interesándose más por la casa que por su trabajo en la floristería. Tenía que haber adivinado que en eso se parecía tanto a su propia madre como a su ex—mujer.

Desde que era un niño había tenido que soportar discusiones familiares acerca de la carencia de interés de su madre por las tareas de la casa, que contrastaba fuertemente con la devoción que sentía por su trabajo. Al final, no tuvo ningún escrúpulo en abandonar a su marido y a su hijo de diez años. Adam nunca había podido olvidar las amargas recriminaciones que su padre solía hacerle a su madre.

En cuanto a Lynn, cuando se casó con ella era una niña de educación tradicional, dulce, obediente y dócil; su padre había tenido especial interés en que contrajera matrimonio con Adam. Además, en aquel entonces sólo contaba dieciocho años y acababa de llegar a la ciudad procedente de Cherokee. Pero la buena vida que el dinero de Adam pudo permitirle la cambió completamente. Y empezó a hacer concesión tras concesión, intentando ser el cariñoso y paciente marido que no había sido su padre con su esposa. Estaba decidido a salvar su matrimonio, a aceptar el derecho de su mujer a desarrollarse profesionalmente, pero su infidelidad acabó por colmar su paciencia.

Fue a su dormitorio y terminó de vestirse; luego se reunió en la cocina con Blythe, que ya había servido los desayunos.

—Puedo prepararte alguna tostada, si quieres —le dijo ella.

—Valoro ese gesto —Adam tomó la caja de cereales y se sirvió—. Quiero cuatro, con mantequilla y mermelada.

Blyth se levantó y se dedicó a preparar las tostadas. Debería haberse dado cuenta de que un hombre tan grande como Adam no quedaría satisfecho con la cantidad de alimento a la que ella estaba acostumbrada. En lo sucesivo, tendría que acordarse de preparar más comida para él.

Deseaba que su matrimonio funcionara, por muy breve que fuese. Deseaba que Adam y ella se hicieran amigos. Deseaba tener una relación solidaria y cordial con el padre de su hijo. Y ponía al cielo por testigo de que lo había intentado. Pero algunas veces, Adam la irritaba tanto que no podía hacer ni pensar nada a derechas.

Por supuesto, tenía que admitir que lo estaba intentando, esforzándose tanto como ella misma. Blythe había soportado con estoicismo sus chuletas de cordero quemadas, y Adam había aguantado su variedad de comidas precocinadas calentadas en el microondas. Ella se había reído cuando él estropeó la ropa la primera vez que intentó lavarla, al mezclarla toda. Y Adam, en lugar de criticarla por su falta de talentos domésticos, se había limitado a escribir su nombre en el polvo que cubría la mesita del café.

—No hay necesidad de que pierdas tiempo de tu trabajo para acompañarme a ver al doctor Meyers esta mañana —le dijo Blythe mientras le servía las tostadas, antes de sentarse a la mesa—. Este mes no va hacer nada importante; hasta el que viene no me hará la ecografía.

—Entonces conoceremos el sexo de nuestro bebé, ¿no? —Adam devoró una tostada en tres bocados.

—Si queremos, sí.

—¿No quieres saberlo? —preguntó él.

—Sí, supongo que sí. Especialmente si tuviera que decorar la habitación del bebé.

—Ya te dije que decoráramos la tercera habitación. Me encargaré de que alguien saque las cosas para que puedas hacer lo que quieras con ella.

—Pero eso será una pérdida de tiempo y de dinero ya que yo... el bebé y yo no vamos a vivir aquí.

—Creo que deberíais quedaros aquí después de... —Adam se dio cuenta de que Blythe lo estaba mirando fijamente, y tragó saliva—... después de nuestro divorcio, hasta que te consiga una casa de tu propiedad.

—Eso no es necesario.

—Sí que lo es. Forma parte de nuestro acuerdo.

—Estupendo —Blythe se preguntó si Adam y ella serían la única pareja de recién casados que se ponían a discutir sobre su divorcio cuando se sentaban a desayunar.

Cuando terminaron, ella recogió los platos y los metió en el lavavajillas. En el momento en que se volvía para recoger las tazas y las cucharas chocó con Adam, que estaba justo detrás de ella, ayudándola.

Se quedaron donde estaban, con sus cuerpos en contacto. Blythe no se movió; no podía hacerlo. Apenas podía respirar. Cada vez que Adam se acercaba a ella, era como si perdiese el sentido.

—Yo terminaré con esto mientras tú te preparas —le dijo él—. No queremos que ni el bebé Wyatt ni tú lleguéis tarde a vuestra cita con el médico —y mientras pronunciaba esas palabras le deslizó un brazo por la cintura y la atrajo hacia sí, acariciándole el vientre con extrema delicadeza.

Se preguntó por qué las cosas no podían ser diferentes entre ellos; por qué su matrimonio no podía ser real, verdadero. Él había sido el primer amante de Blythe... su único amante, y ella iba a tener un hijo suyo. Pero Blythe se negaba a mantener relaciones sexuales con él, no le permitía que le hiciera el amor lenta, dulcemente, de la forma que tanto ansiaba. Ya llevaban tres semanas durmiendo bajo el mismo techo y Adam tenía los nervios desquiciados. ¿Cómo iba a poder soportar siete meses más de abstinencia? Cinco meses más hasta el nacimiento del bebé, y posiblemente otros dos hasta que firmaran los papeles del divorcio.

Blythe se apartó al fin de Adam, incapaz de soportar aquella tierna caricia por más tiempo. Sabía que quería hacer el amor con ella, que estaba frustrado por sus continuadas negativas a convertirse en su amante mientras estuvieran casados.

No se atrevía a dejar que Adam volviera a hacerle el amor. Su matrimonio ya había llegado a ser demasiado real para su conveniencia. A pesar del constante disgusto que le provocaba su autoritario y dominante marido, por las noches el deseo que sentía por él la impedía dormir. Y si cedía al deseo, muy fácilmente podría terminar enamorándose de un hombre que tenía la intención de divorciarse de ella una vez que naciera su bebé. No se trataba de que quisiera seguir casada con Adam; en absoluto. Si tuviera que seguir siendo su esposa durante más tiempo, correría el riesgo de perder su propia identidad, de ceder en su manera de pensar, en sus principios. Y jamás haría eso. Había dedicado toda su vida a llegar a ser la mujer independiente que su madre no había sido, por culpa de su cobardía. Y no estaba dispuesta a permitir que la abrumadora atracción que sentía por Adam Wyatt acabara con sus principios.

«No grites. Quédate tranquila. Deja que Adam te abra la puerta y te ayude a subir al coche», se dijo Blythe.

Después de ayudarla, Adam le cerró la puerta y se sentó al volante. Luego dejó un montón de folletos en la guantera, comprobó que Blythe llevara bien abrochado el cinturón de seguridad y le dio unas palmaditas en el vientre.

—Creo que el doctor Meyers se quedó preocupado al ver que no habías recuperado el peso que perdiste al principio, cuando sufrías esas náuseas matutinas. Eso no es bueno ni para el bebé ni para ti —comentó mientras encendía el motor.

Blythe se dijo que no iba a pegarle en la cabeza con el bolso, ni le diría que se había comportado como un estúpido integral delante del médico. Pero, ciertamente, tampoco iba a consentir que se hiciera cargo de todos los aspectos de su vida durante su embarazo.

Había hecho tantas preguntas que incluso había llegado a fastidiarle un poco al doctor Meyers. Lo que tendría que haber sido un reconocimiento de rutina, había terminado por convertirse en un interrogatorio de una hora para su médico y sesenta minutos de innecesario estrés para ella.

—Voy a invitarte a comer fuera. Quiero que comas mucho y bien. ¿A dónde te gustaría ir?

—Quiero ir a mi tienda de flores —respondió con voz clara, obligándose a permanecer tranquila—. Joy quería irse a su casa a las doce, y después de comer

73

tengo que entrevistar a mis futuros empleados. ¿Recuerdas? Fue idea tuya, no mía. Yo creo que puedo continuar arreglándome sin ayuda hasta Navidad.

—Llamaré a Joy para ver si puede quedarse una hora más. Si quieres, yo podría hacer esas entrevistas en tu lugar; así podrías dormirte una siesta. El doctor Meyers dijo que las embarazadas necesitaban mucho descanso —comentó Adam mientras conducía.

—Ya descanso lo suficiente —respondió Blythe mirando al frente, decidida a no mirar a Adam. Si lo hacía, podría perder el control y decir cosas de las que más tarde podría arrepentirse —. Haré esas entrevistas y elegiré a mis propios empleados. No sabes absolutamente nada acerca de cómo llevar una tienda de flores.

—Estás enfadada conmigo, ¿no?

—No estoy enfadada —respondió, cerrando los ojos y apretando los dientes, conteniéndose con esfuerzo—. Un poquito disgustada, quizá, pero no enfadada.

—Mira, sé que quizá me he pasado un poco haciéndole todas esas preguntas al doctor Meyers, pero...

—¿Que te has pasado un poco? ¡Já!

—Creo que ha comprendido que soy un padre interesado y preocupado, que quiere estar al tanto de todos los aspectos de tu embarazo.

—¡Interesado! ¡Maldita sea! Controlas cada bocado de comida que me llevo a la boca; lo revisas todo para asegurarte de que cumplo con las dosis de vitaminas y minerales que necesito, compras todos los libros del mundo que se han publicado sobre embarazo y esperas que me los lea todos, además...

—Cálmate. Te estás alterando por nada —Adam vio que estaba ruborizada de furia—. Haremos lo que tú quieras. Te llevaré a la tienda para que Joy pueda irse a su casa, y luego compraré comida para los dos en el Court Street Café. Te gusta el arroz con gambas, ¿verdad?

Suspirando profundamente, Blythe relajó los hombros y asintió con la cabeza. ¿Cómo podía enfadarse con alguien que tanto se esforzaba por agradarla?

—No tienes por qué comer conmigo. Ya has perdido toda la mañana.

—Quiero que comamos juntos —repuso él—. Podemos hablar de la recepción.

—¿Es realmente necesario que la hagamos?

—Parecerá extraño si no organizamos una. Después de todo, mis amigos y mis socios de negocios lo están esperando. Y los tuyos, claro está. Dado que celebramos una boda sencilla e íntima, algunas personas se sentirán molestas si no preparamos una recepción en condiciones.

—Será la próxima semana, ¿no? —a Blythe la aterrorizaba pensar que la vieran los amigos de Adam.

—Sí, eso ya está arreglado. Mi secretaria envió las invitaciones la semana pasada. ¿No te acuerdas?

—Sí, sí me acuerdo —repuso ella, para luego musitar—: Pero me gustaría olvidarlo.

Adam aparcó justo delante de la tienda de flores. Blythe no esperó a que él le abriera la puerta y se apresuró a salir, esperando que la siguiera.

—¿Cómo está la madre y el bebé? —le preguntó Joy al verla entrar, con Adam pisándole los talones.

—Muy bien —respondió Blythe—. ¡Pero el padre no!

—Oh, oh. ¿Qué ha sucedido? —Joy miró a Blythe y luego a Adam—. Dejadme adivinar. Tú fuiste con Blythe a ver al doctor Meyers y le hiciste miles de preguntas sobre los cuidados que debía recibir durante su embarazo.

—Efectivamente —dijo Blythe—. Pregúntale lo que sabe acerca del estado del feto al final del tercer mes —añadió, cruzando los brazos sobre el pecho.

Joy miró con los ojos muy abiertos a su amiga, sonriendo, mientras Adam sacudía la cabeza.

—Vamos, ¡pregúntaselo! —insistió Blythe.

—Tranquilízala —dijo Adam—. Está enfadada conmigo porque me he comportado como un padre y un marido excesivamente protector y posesivo.

—Oh, ya veo —comentó Joy—. Bueno, dime, Adam, ¿qué sabes acerca de tu bebé?

—Sé que ella, o él, mide cerca de ocho centímetros y pesa menos de treinta gramos, pero ya... —miró a Blythe, que acababa de meterse las manos en los bolsillos de su vestido—... tiene uñas en los dedos de las manos y de los pies, se le han empezado a calcificar los huesos y los órganos sexuales se están desarrollando. Los músculos de...

—Dios mío, ya es suficiente —dijo enfurruñada Blythe—. ¿Ves lo que te decía? Este hombre es una enciclopedia andante sobre embarazos. ¡Sabe más sobre eso que yo misma!

—Joy —dijo Adam, lanzándole una exagerada mirada suplicante—, voy a ir al Court Street Café a comprar algo de comida. ¿Quieres quedarte aquí a comer con nosotros?

—La chica que me cuida a la niña tiene que marcharse a las doce y media —le informó Joy—. Me temo que tendré que irme a casa.

—Bueno, mientras voy a comprar la comida, ¿qué te parece si hablas con mi esposa en mi nombre y la convences de que mi comportamiento es perfectamente normal en un hombre que va a ser padre por primera vez?

—Veré lo que puedo hacer.

—Gracias —dijo Adam, para luego dirigirse a Blythe—: ¿Quieres algo en especial, aparte del arroz con gambas?

—Sí —respondió, dándole la espalda—, quiero un pedazo de pastel de queso.

—Creo que eso tiene demasiada grasa. Quizá deberías escoger algo diferente...

Joy se aclaró la garganta ostensiblemente. Adam

se interrumpió y la miró de manera significativa, comprendiendo su advertencia.

—Compraré pastel de queso para los dos —dijo antes de salir apresurado de la tienda.

En el mismo momento en que se marchó, Blythe exhaló un profundo suspiro y se derrumbó sobre una banqueta con gesto cansado. Joy le dio unas palmaditas en la espalda, diciéndole:

—Para ser un padre primerizo, se está comportando de una forma normal. A Craig le pasó lo mismo mientras estuve embarazada. Algunos hombres, los que realmente desean ser padres, se ponen un poquito pesados algunas veces.

—Supongo que estoy reaccionando de manera exagerada —admitió Blythe—. Lo que pasa es que no estoy acostumbrada a compartir mi vida con un hombre; a tener un marido a quien tengo que darle cuentas todo el tiempo.

—Lo mismo le pasa a Adam, ¿sabes? —repuso Joy—. No está acostumbrado a contraer compromisos. Siempre le dijo a Craig que no tenía intenciones de volver a casarse. Quizá, si pensaras en ello, te darías cuenta de que vuestro arreglo matrimonial le está resultando tan difícil a él como a ti.

—Supongo que se habrá estado quejando a Craig de su forzada abstinencia sexual.

—Craig no me ha dicho nada —Joy sonrió tímidamente.

—Bueno, Adam acordó... ambos acordamos no mantener relacioens sexuales mientras legalmente fuéramos marido y mujer.

—Y yo estoy segura de que Adam cumplirá con su parte del acuerdo —afirmó Joy—. Pero debe de ser difícil para un hombre tan... tan sexual como él vivir en la misma casa con una mujer que es su esposa y obligarse a no tocarla siquiera...

—Él me toca —dijo Blythe—. Me toca todo el tiempo. Siempre me está abrazando por la cintura o acariciándome el vientre...

—Para ser sincera —sonrió Joy—, no sé cómo puedes vivir con un hombre tan fabuloso como Adam Wyatt y no aprovechar la oportunidad de dormir cada noche en su cama. Después de todo, es tu marido.

—Temporalmente. Sólo hasta que me recupere del parto. Entonces hablaremos con los abogados.

—Hasta entonces pueden suceder muchas cosas.

—¿Qué quieres decir con eso? —Blythe la miró desconfiada.

—Quizá Adam y tú resolváis vuestras diferencias.

—Tengo mis serias dudas.

—¿De qué tienes miedo? —le preguntó Joy.

—Yo no tengo...

—No me mientas. Soy tu mejor amiga y te conozco. ¿Recuerdas?

—No voy a enamorarme de Adam —murmuró Blythe.

—Oh, ya veo. Así que es de eso de lo que tienes miedo, ¿eh? —Joy empezó a darle un masaje en los tensos músculos de los hombros—. Enamorarse de alguien no es algo que se pueda controlar; simplemente sucede. Es como un accidente que no podemos prevenir. Fíjate en Craig y en mí. Juraba y perjuraba que nunca me casaría con alguien como él. Ya sabes lo mucho que me gustaba salir con los «chicos malos» de la escuela, sólo para hacer de rabiar a mi padre.

—¡Oh —rió Blythe—, claro que me acuerdo! Siempre nos atraían tipos diferentes. Tú querías hombres grandes y varoniles y yo...

—Tipos exactamente opuestos a tu padrastro.

—Supongo que sabes que Adam —repuso Blythe después de asentir, suspirando— está decidido a celebrar una recepción nupcial en el club. La semana pasada envió las invitaciones.

—Ya la recibimos, pero no quería decirte nada hasta que tú me lo mencionases.

—Todo el mundo va a saber por qué me he casado —dijo Blythe—. Apostaría a que, a estas alturas, ya lo sabe medio Decatur. Adam no lo ha mantenido precisamente en secreto.

—Mira, todo lo que tienes que hacer es quedarte al lado de Adam y sonreír. Créeme, si alguien se atreve a hacer algún comentario improcedente, Adam lo aniquilará.

—No sabes el miedo que le tengo a esa recepción. Todos los socios de Adam estarán allí, y probablemente también una horda completa de las mujeres que han intentado cazar a Adam de la misma forma que, involuntariamente, lo cacé yo. Y a veces sigo preguntándome por qué.

—Creo que la respuesta es evidente.

—¿Cómo?

—Ninguna otra mujer consiguió excitar tanto a Adam hasta hacer que se olvidara completamente de tomar precauciones.

—Desearía... —empezó a decir Blythe, pero se interrumpió mordiéndose un labio.

—¿Qué es lo que desearías?

Estuvo a punto de decir que desearía poder olvidar aquella noche, dejar de recordar lo que había sentido, la manera en que Adam la había hecho sentir.

—Desearía que Adam se diera prisa en traer la comida. Me estoy muriendo de hambre.

Capítulo Seis

Cansada, Blythe ya se estaba preguntando si la recepción de boda terminaría alguna vez. Intentó sonreír cuando Adam la presentó a otro de sus socios y a su esposa, que la miró de la cabeza a los pies, posando la mirada de manera significativa en su vientre.

—Encantada de conocerte, querida —le dijo la mujer—. Ya habíamos renunciado a que Adam volviera a casarse. Debes de ser una mujer muy especial para haber atrapado a un soltero tan impenitente como él. Seguro que eres consciente de la suerte que has tenido.

En ese momento Adam deslizó un brazo por la cintura de Blythe y la acercó hacia sí.

—Nunca he conocido a nadie tan especial como Blythe. Y soy yo quien ha tenido suerte, Wylodean, por haber convertido a esta joven tan encantadora en mi mujer.

—Estoy de acuerdo contigo —intervino Chester McCorkle—. Espero que seáis tan felices como lo hemos sido Wylodean y yo durante todos estos años.

Los McCorkle se retiraron dando paso a otra pareja que felicitó cordialmente a Adam y a Blythe. A la joven ya le dolían los pies. Adam le había sugerido que no se pusiera zapatos de tacón alto, pero ella se había negado; había querido tener una apariencia perfecta durante la recepción. ¿Y cómo podía haberla tenido con zapatos de tacón bajo, cuando apenas le llegaba a Adam hasta el hombro? Sus amigos y asociados eran gente importante, y no quería decepcionarlo sabiendo lo mucho que significaba aquella velada para él.

Suspiró aliviada cuando descubrió a Joy y a Craig en la fila de gente que esperaba para saludarlos; al fin podría hablar con alguien conocido.

—Estás fabulosa —le dijo Joy—. Eres la única pelirroja que conozco que le sienta maravillosamente bien el rosa. Ese conjunto ha debido de costarte una fortuna.

—Adam insistió en que no reparase en gastos al elegir algo para esta noche —le explicó Blythe bajando el tono de voz—. Si hubiese seguido haciendo compras, creo que me habría llevado un vestido de premamá.

—Oye, que estáis paralizando la cola —les recriminó Craig—. Vamos, Joy. Blythe y tú podréis seguir hablando más tarde.

—Resiste —le dijo Joy a Blythe—. Ya te queda poco.

Lleno de orgullo, Adam miró a su esposa. Blythe era una mujer preciosa y encantadora, y esa noche estaba más hermosa que nunca. Joy tenía razón cuando le dijo que le sentaba muy bien el color rosa, a pesar de su brillante cabello de color canela. Y el conjunto que lucía era excitante. Adam se dijo que tenía que desechar de su mente el pensamiento de hacer el amor con su esposa o la pondría en ridículo a ella y a él mismo si seguía allí de pie durante mucho tiempo, tan excitado como estaba mientras saludaba a los invitados.

Miró la fila y suspiró aliviado al darse cuenta de que faltaba poco para que terminaran con las presentaciones; quedaba menos de una docena de personas. De repente descubrió a Angela Wright. ¿Cómo diablos había conseguido aquella mujer una invitación? Con toda seguridad, él no la había incluido en la lista. Durante varios meses había estado saliendo con Angela y ya había decidido dejarla antes de la fiesta que dieron Joy y Craig para celebrar el bautizo de su hija, pero no cortó formalmente hasta algún tiempo después. Después de que se hubiera acostado con Blythe dejándola embarazada.

Angela no había querido dar por terminada su relación. Se había mostrado demasiado posesiva, demasiado pegajosa para el gusto de Adam. Y durante todo el tiempo, había estado seguro de que su cuenta bancaria era el máximo atractivo que ella había visto en él.

Blythe no tardó en descubrir a la despampanante rubia, que lucía un escotado vestido azul, y se preguntó quién sería. Debía de tratarse de una *amiga* de Adam. ¡Una de sus antiguas novias, sin duda!

—¡Adam, querido! —exclamó la rubia antes de abalanzarse sobre él y besarlo en los labios.

A Blythe se le encogió el estómago, como si fuera a marearse, y apretó los puños para evitar apartar violentamente a aquella intrusa de Adam. Por su parte, él intentaba separarse de la rubia, que seguía colgándose de su cuello.

—Qué hombre más travieso eres, casándote a escondidas de esta manera... Y después de que me juraras que nunca volverías a contraer matrimonio...

—Encontré a una mujer que me hizo cambiar de idea —se atrevió a decir Adam.

—Bueno, pues debes presentarnos. Me moría de ganas de conocer a la mujer que te había pescado —todavía del brazo de Adam, se volvió para mirar a Blythe—. ¿Es ésta? Dios mío, no se parece en nada a lo que me esperaba.

—Angela... —le advirtió él.

—Como tú misma puedes ver, los gustos de Adam han cambiado... —Blythe esbozó su sonrisa más maligna—... para mejor.

Aterrado, Adam tosió varias veces para aclararse la garganta.

—Ya que mi marido parece haber perdido la capacidad de habla por el momento —añadió Blythe, tendiéndole la mano a la rubia—, voy a presentarme yo misma. Blythe Elliott Wyatt, la esposa de Adam Y tú eres...

—Una vieja amiga de tu marido —Angela sonrió, estrechándole la mano antes de apoyarla de nuevo en el pecho de Adam—. Tienes que contarme tu secreto, cariño. ¿Cómo has podido atrapar a este hombre? Esa es una empresa en la que han fracasado mujeres mejores que tú.

Adam se ruborizó. El salón estaba en silencio y todo el mundo parecía pendiente de aquella conversación. Furiosa, Blythe agarró la muñeca de Angela y le apartó la mano del pecho de su marido.

—Supongo que podría negar que lo atrapé, pero no voy a hacerlo. Y podría decir también que hice uso de una trampa que muchas veces ha sido utilizada con éxito, pero que cuando probablemente la intentaste tú, fracasaste. No, ya ves que atrapé a Adam con una trampa insólita, nunca antes usada... pero sin su total colaboración, y desde luego de su ciega pasión, incluso mi virginal trampa hubiera fallado.

Mirando a Adam, que permanecía boquiabierto, Angela rió nerviosa.

—Qué agresiva es esta pequeña, ¿no, cariño?

Blythe se interpuso entre los dos y, apretándose contra Adam, levantó la mirada hacia la rubia.

—Además soy celosa y posesiva. Lo que es mío, es mío. Y no lo comparto.

Angela miró a su alrededor, como señalando la callada multitud de curiosos.

—Desde luego no te importa montar un espectáculo y avergonzar a Adam delante de sus amigos, ¿verdad?

—No estoy en absoluto avergonzado —intervino él, abrazando a su esposa y apoyando la barbilla sobre su cabeza.

Blythe aspiró profundamente y levantó la mano

izquierda, manteniéndola en el aire delante de la cara de Angela.

—Mientras lleve este anillo, Adam Wyatt me pertenece. ¿Entiendes?

—No tiene importancia que Angela lo entienda o no, corazón —dijo Adam—. *Yo* lo entiendo.

Angela se volvió airada y se dirigió a la salida, sin mirar ni responder a la gente que intentó hablar con ella. Whylodean McCorkle se acercó rápidamente a Blythe y a Adam, visiblemente indignado.

—¡Qué desgraciado incidente! —exclamó, dándole luego a la joven unas palmaditas en un hombro—. Bien hecho, querida. Nunca he visto a una esposa deshacerse de una problemática amante de su marido con tanta maestría —y miró a Adam entrecerrando los ojos—. Tenías razón. Tú eres el afortunado.

—Era un antigua amante —dijo Adam.

—¿Qué? —preguntó Wylodean.

—Que terminé con Angela antes de casarme con Blythe.

—Fue una buena cosa que lo hicieras —comentó el señor.

De repente, Blythe se sintió mareada. De todos los problemas que había esperado encontrarse aquella noche, jamás se le había pasado por la cabeza tener un careo con una antigua amante de Adam. No podía dejar de temblar. Con el espectáculo que había montado, cualquiera de los presentes pensaría que estaba locamente enamorada de él. Pero la verdad era que, simple y llanamente, estaba loca de atar. Y en medio de su furia, prácticamente había proclamado que era virgen cuando «atrapó» a Adam, obligándolo a casarse al quedar embarazada.

—Blythe, ¿estás bien? —le preguntó Joy, apareciendo en ese instante—. Te lo juro, si hubiera tenido un arma a mano, habría disparado contra esa arpía.

—Creo que me estoy mareando...

—¿Qué? —Adam se volvió rápidamente hacia ella—.

Creía que las náuseas matutinas habían terminado el mes pasado...

—¿Cómo te has atrevido a invitar a esa mujer a nuestra recepción de boda? —murmuró Blythe, airada.

—Yo no...

—Si vuelves a ver a esa mujer, te... te...

—Te prometo que... —repuso Adam, sonriendo.

—Si alguna vez te la encuentras por la calle, será mejor que te cambies de acera. ¿Está claro?

—Perfectamente claro, señora Wyatt.

—Y borra esa ridícula sonrisa de tu cara, ¡especie de gorila estúpido! —de repente Blythe estalló en sollozos y salió corriendo de la sala.

Joy la alcanzó dentro del lavabo de señoras.

—¿Estás bien? —le preguntó, abrazándola.

—Acabo de... —respondió la joven, sollozando sobre su hombro—... de hacer el ridículo delante de todo el mundo, y todo por un hombre que no me quiere.

—No digas eso, no es verdad. Has sido muy valiente.

—¿Cómo ha podido invitar a esa mujer?

—No creo que lo haya hecho —dijo Joy—. Angela Wright es del tipo de mujeres capaces de echar a perder una fiesta.

—¿La conoces? —le preguntó Blythe, apartándose de ella y enjugándose las lágrimas.

—La vi algunas veces cuando Adam estaba saliendo con ella.

—¿Era muy seria su relación? —le preguntó Blythe.

—No más que cualquiera de las que tuvo Adam después de su divorcio. Incluso antes del bautizo de Missy, ya le había comentado a Craig que pensaba terminar con ella.

—Es despampanante, ¿verdad? —Blythe se miró en el espejo y gruñó al ver que se le había corrido el maquillaje—. ¿Por qué un hombre habría de conformarse conmigo.... si pudiera tenerla a ella?

—La inseguridad no te sienta bien —comentó Joy—. Eres una de las personas más seguras de sí mismas que conozco. Aquí pasa algo raro. Confiesa. ¿Qué es?

—No sé de qué estás hablando.

—Claro que sí. Te has enamorado de Adam Wyatt. No era puro teatro ese despliegue de posesividad del que antes has hecho gala.

—Estás loca.

—No, no estoy loca. Pero tú sí estás enamorada.

—Qué va. No puedo estarlo. Tiene que ser otra cosa. Estoy embarazada y tengo trastornadas las hormonas. Debe de ser eso —dijo Blythe antes de empezar a mojarse la cara—. Tendré que maquillarme de nuevo antes de salir. ¿Te importaría decirle a Adam que estoy bien?

Joy asintió, suspirando.

—Tómate todo el tiempo que necesites. Voy a buscar a tu marido.

Adam había decidido que nunca sería capaz de entender a las mujeres en general, y a Blythe en particular. Joy le había explicado que su reacción se había debido simplemente a la alteración que sufrían sus hormonas, y no había tenido más remedio que aceptarlo, sobre todo cuando Blythe se incorporó a la recepción con una sonrisa pintada en el rostro. Se había ganado a todos sus amigos gracias a su inteligencia y encanto. Y él se había mostrado orgulloso de ella hasta casi reventar; su vanidad masculina había quedado halagada por el primitivo despliegue de posesividad de su esposa.

De alguna forma incluso había llegado a pensar que aquella noche podría ser la que marcara el final de la abstinencia sexual de su matrimonio. Después de todo, lo de no practicar el sexo había sido idea de Blythe, no suya. Pero cuando se encontraron solos en su coche, todas sus esperanzas quedaron hechas añicos por una simple pregunta:

—¿Por qué la invitaste?

Después de diez minutos de intentar convencerla de que Angela se había presentado en la fiesta sin invitación, al fin renunció. Hicieron el trayecto hasta la casa en medio de un denso e interminable silencio. Adam estaba seguro de que se había casado con la mujer más testaruda del mundo. Y la más celosa.

En el mismo momento en que Adam terminó de aparcar el coche, Blythe salió disparada hacia la casa.

Maldiciendo para sus adentros, se planteó pasar aquella noche en su apartamento. No estaba seguro de lo que esperaba cuando al fin se decidió y entró en la casa. ¿Continuaría Blythe negándose a hablar con él, o volvería a lanzarle aquellas falsas acusaciones?

Al entrar en el salón, lo encontró vacío; Blythe debía de haberse retirado directamente a su dormitorio. Se quitó la chaqueta, se aflojó la corbata y se dirigió a su habitación, pero al pasar al lado de la de Blythe, la vio salir al pasillo. Con las manos en las caderas, mirándolo fijamente, le espetó:

—Te creo cuando me dices que no la invitaste —después volvió a entrar en su habitación y cerró de un portazo.

—Que me cuelguen —rió Adam. Las mujeres eran un misterio para él, y la suya el peor de todos. Al fin se atrevió a llamar a su puerta.

—¿Qué?

—¿Puedo entrar?

—Es tarde y estoy cansada. Hablaremos por la mañana.

—Blythe, si estás dispuesta a escucharme, quiero hablarte de Angela —siguió un completo, absoluto silencio—. ¿Blythe?

De repente se abrió la puerta y ella apareció en el umbral. Echaba chispas por los ojos. Adam se le acercó, sonriendo, y descubrió que temblaba ligeramente. Cuando le acarició una mejilla con las puntas de los dedos, vio que cerraba los ojos, suspirando.

—Estuve unos meses saliendo con Angela. Tuvimos una breve aventura, y...

—Oh —Blythe abrió los ojos y retrocedió, intentando huir de la caricia de Adam, pero él la retuvo con delicadeza, atrayéndola hacia sí.

—Angela sólo me quería por mi dinero. Así de sencillo. Y desde el principio le dejé perfectamente claro que no estaba interesado en una relación permanente, y desde luego no en el matrimonio.

—Todavía salías con ella la noche que tú y yo... nosotros...

—La noche que hicimos el amor. La noche que me diste tu virginidad.

—Sí, esa noche —afirmó Blythe, bajando la mirada—. ¿Todavía estabas saliendo con ella?

—Había decidido terminar con ella antes del bautizo de Missy, pero no rompí oficialmente hasta después de aquella noche que pasamos juntos.

—¿La viste de nuevo durante los dos meses que siguieron, antes de que te dijera que estaba embarazada?

—Sí, la vi otra vez —la tomó de la barbilla para levantarle el rostro—. Para terminar oficialmente con aquella aventura.

—Ella piensa que tiene algún tipo de derecho sobre ti.

—Tú eres la única mujer que tiene algún tipo de derecho sobre mí.

—Mi hija es mi único derecho sobre ti —explicó ella, llevándose una mano al vientre.

En ese momento Adam la tomó en sus brazos, la levantó en vilo y le besó en los labios con infinita ternura. Luego entró en la habitación y se sentó en la cama, con ella en su regazo.

—Durante aquellos dos meses después de que pasaras la noche en mi apartamento, salí con una docena de muejres diferentes —admitió.

—Me lo imaginaba.

—¿También te imaginabas que saldría con una docena de hermosas y muy dispuestas mujeres y no tendría relaciones sexuales con ninguna de ellas?

Blythe se tensó y lo miró fijamente, boquiabierta.

—¿De verdad? ¿Pero por qué?

—Ni yo mismo lo sé —respondió Adam—. Quizá porque alguna virgen pelirroja me echó a perder para las otras mujeres.

—¿Estás bromeando? —preguntó Blythe, sonriendo, y luego rió entre dientes.

—¿Qué es lo que te parece tan condenadamente divertido? —le preguntó él.

—Estuve bien, ¿eh? No tenía ni la más remota idea de lo que estaba haciendo. Simplemente actuaba por instinto.

—Me dejaste fuera de combate, nena —sonriendo, Adam la tumbó sobre la cama. Piensa en lo que mejorará tu talento cuando adquieras un poco de práctica.

—Hey, espera un momento —intentó empujarlo, pero él le tomó las manos entre las suyas mientras la apretaba contra sí.

—¿Por qué no reconoces que aquella noche disfrutaste tanto como yo?

—Nunca he negado que disfrutara haciendo... ¡Oh, ya sabes lo que quiero decir!

—No, Blythe —murmuró Adam mientras le bajaba un tirante del vestido y la besaba en un hombro—, no sé qué es lo que quieres decirme. Dímelo claramente. Aprovecha la oportunidad. Hazme la misma colosal confesión que yo acabo de hacerte.

—¿Qué tipo de colosal confesión me has hecho tú? —gimió cuando él deslizó una mano por su pierna.

—No he estado con ninguna otra mujer desde aquella noche en que hicimos el amor —declaró, y la besó en los labios.

Al principio Blythe sencillamente aceptó su beso. Pero cuando su cuerpo empezó a despertarse temblando de deseo, correspondió a sus caricias.

—Te deseo tanto... Cada vez que te miro, quiero arrancarte la ropa y hacerte el amor.

Blythe se sentía como si el aire se le hubiese quedado atrapado en los pulmones. Le dolía el pecho, tenía un nudo en la garganta. En su cuerpo latía la poderosa necesidad de sentir a aquel hombre en su interior.

—Por favor, no me hagas esto. No me hagas desearte cuando los dos sabemos que no vamos a tener ningún futuro juntos.

—Maldita sea, Blythe, ¿por qué no puedes ser sincera y admitir que estamos bien juntos? Diablos, estamos estupendamente bien. Ardimos de deseo la noche en que hicimos el amor —se apretó contra ella, excitado—. Eres mi esposa. Te deseo.

—No soy realmente tu esposa, Adam, y los dos lo sabemos. Llegamos a un acuerdo; nada más.

—Oh, tenemos mucho más que un simple acuerdo, y tú lo sabes perfectamente —se apartó de ella y se sentó en el borde de la cama—. Ésta noche, en la recepción, creí vislumbrar por un instante a la verdadera Blythe Elliott... a la mujer de verdad. La mujer que reclamaba a su hombre. La fuerte, posesiva mujer que no se dejaba asustar.

Respirando aceleradamente, Blythe seguía tumbada en la cama de espaldas, mirando al techo.

—¿Por qué no aceptas el hecho de que ni soy, ni lo seré nunca, la *verdadera* mujer que tú quieres que sea? —le preguntó—. No puedes aceptarme por lo que soy, y yo no tengo intención de cambiar mis principios o renunciar a mi identidad por complacerte —añadió con tristeza.

—Yo no te he pedido que cambies tus principios —Adam se levantó, dándole la espalda—. Dios te libre de que hagas cualquier cosa por complacerme. Después de todo, yo no significo nada para ti, ¿verdad?

«Eso no es cierto», quiso gritarle Blythe. «Tú significas demasiado para mí. Me estoy enamorando de ti, y si no me protejo a mí misma, acabarás rompiéndome el corazón.»

Adam cruzó la habitación, pero antes de salir se detuvo en el umbral de la puerta y se volvió para mirarla.

—Sólo una cosa, nena. ¿Qué era todo eso de la recepción de esta noche: la ultrajada esposa, la celosa mujer que reclamaba a su marido? ¿Es que todo fue una comedia?

Blythe intentó hablar, pero las lágrimas le atenazaban la garganta. Adam salió al pasillo y cerró detrás de sí dando un portazo.

Volviéndose, la joven agarró una almohada y enterró el rostro en ella. Silenciando sus ahogados sollozos, lloró hasta que no pudo más, hasta que se hizo un ovillo y cerró los ojos. ¿Cómo podría dormir aquella noche cuando lo único que quería hacer era correr a los brazos de Adam? Pero no podía; no se atrevía. A pesar de la pasión que parecía despertarse entre ellos cuando se tocaban, Adam no la amaba y no le había ofrecido un compromiso duradero. Todo lo que quería era que fueran amantes durante aquel breve matrimonio al que se habían visto obligados. Para él era una simple cuestión de necesitar a una mujer. Para ella, un complicado problema de necesidad de amor y respeto.

Capítulo Siete

De repente, cuando estaba desayunando, Blythe sintió que el bebé se movía. Con una mano temblorosa, dejó sobre la mesa su vaso de zumo.

—¿Te pasa algo? —preguntó Adam levantando la mirada del periódico que estaba leyendo.

—No, estoy bien —pensó que debería decirle que su hijo se estaba moviendo. Debería tomarle una mano y ponérsela en el vientre, para que pudiera sentir el milagro que crecía en su interior. Pero no podía soportar el pensamiento de que Adam la tocara, de compartir un momento tan íntimo con él. Hacía más de una semana que había sentido los primeros movimientos, pero no se lo había dicho a nadie, ni siquiera a Joy.

—Estás pálida —Adam dobló el periódico y lo dejó sobre la mesa—. ¿Estás segura de que te encuentras bien?

—¡Te he dicho que estoy bien! —exclamó—. Lo siento, Adam, supongo que estoy un poquito nerviosa por la cita que tengo esta tarde con el médico.

—El doctor Meyers dijo que no había ningún peligro en hacer una ecografía —le aseguró Adam—. ¿Qué fue lo que comentó cuando le pregunté por los riesgos? Ah, sí. Que en veinticinco años no se había conocido ningún caso con problemas.

—No estoy preocupada por la ecografía; sólo estoy nerviosa, preguntándome qué es lo que vamos a poder ver exactamente.

—¿Por qué no te tomas la mañana libre y aprovechas para relajarte? —le sugirió Adam.

—No puedo hacer eso. Estamos en diciembre, uno de los meses con más trabajo.

—Si hubieras contratado a un ayudante como quería que hicieras, ahora podrías tomarte un día libre, y no tendrías que trabajar tanto.

—No he encontrado a nadie que me convenga —dijo Blythe.

—En las tres últimas semanas, no has entrevistado a nadie. No es una buena idea esperar hasta el último minuto para contratar a alguien de confianza.

Adam nunca había conocido a nadie tan decidido a administrar un negocio propio sin ayuda. Algunas veces se preguntaba qué era lo que Blythe intentaba demostrar, y a quién. Esa mañana tenía una sorpresa reservada para ella, algo que tal vez no quisiera, pero que necesitaba. Probablemente al principio le diera un ataque de ira y después permaneciera enfurruñada con él durante un par de días, pero Adam podría soportarlo todo siempre y cuando terminara por aceptar que lo que había hecho era lo mejor para el bebé y para ella misma.

—Me encargaré de encontrarte a alguien.

El bebé se movió de nuevo y Blythe se estremeció visiblemente.

—¿Qué es lo que te pasa? ¿Qué sucede? ¿Te duele algo? —le preguntó él, preocupado, a punto de levantarse.

—Quédate sentado y termínate el café. Estoy perfectamente.

Adam asintió. No tenía ni idea de lo que pasaba, pero aquella mañana Blythe se estaba comportando de un modo extraño. Lo cual, hasta cierto punto, no era raro en ella. Blythe constantemente lo sorprendía, a menudo le dejaba impresionado, y a veces lo irritaba; pero siempre lo excitaba.

—¿Has hecho alguna oferta por el proyecto River Walk? —le preguntó Blythe mientras pelaba un plátano.

—¿Qué?

—La pasada noche me hablaste de las posibilidades de construcción en la zona de Decatur, y de cómo tu empresa tiene más posibilidades que nunca de aspirar a proyectos realizables aquí y ahora —le explicó ella.

A Adam le gustaba hablar de negocios con Blythe. Quizá porque ella misma regentaba un negocio, comprendía perfectamente la devoción que sentía por su trabajo, su excitación cuando acometía un proyecto nuevo. La primera vez que le hizo un par de sugerencias, Adam no le había hecho mucho caso. Pero después se había ido dando cuenta de que su esposa era una mujer de negocios muy inteligente.

—En esta zona, la construcción se está convirtiendo rápidamente en un gran negocio —dijo Adam—. No sólo con el proyecto River Walk, sino con la nueva planta de tratamiento de aguas, el nuevo puente sobre el Tennessee, y los planes futuros para construir un centro cívico y restaurar la antigua marina.

—Pero ese es demasiado trabajo para una sola empresa —comentó Blythe—. Si te presentas al concurso del proyecto River Walk y lo ganas, ¿podrías pensarte la posibilidad de utilizarme como una de tus subcontratas?

—¿Tú? ¿Para qué?

—Para el diseño del paisaje —respondió—. Sé bastante sobre plantas, flores, arbustos, árboles, céspedes. Y siempre he querido ampliar mi negocio y crear un vivero.

—¿De dónde vas a sacar tiempo para llevar dos negocios y cuidar al bebé al mismo tiempo?

Blythe se sintió en ese momento como si hubiera recibido una bofetada. Nunca había compartido sus sueños con nadie excepto con Joy; y ahora acababa de compartirlos con Adam. Había sido una estúpida al esperar que él la comprendiera, y que incluso pudiera animarla.

Por la expresión de su rostro, Adam sabía que había dicho algo inadecuado; estaba sorprendido de que todavía no lo hubiera fustigado con aquella lengua viperina que tenía. Blythe seguía allí sentada, mirándolo fijamente, sin decir nada. Y él ya sabía, por los dos meses que llevaba viviendo con ella, que sus silencios eran todavía más peligrosos que sus ataques verbales.

—¿Cómo me estás matando esta vez? —le preguntó él—. ¿Arrojándome en aceite hirviendo? ¿Lanzándome a unas aguas infestadas de tiburones?

—¿De qué estás hablando?

—No creas que puedes engañarme. Cada vez que me miras de esa manera, sé que estás fantaseando sobre las formas de asesinarme.

Blythe se esforzó por no sonreír. Aquel hombre tenía el don de hacerla enfadar, pero también un talento especial para hacerla reír.

—Es mejor para ti que no te cuente mis fantasías —respondió, pensando que también era mejor para ella que no las conociera.

En ese momento, Adam le tomó una mano. Blythe se tensó ante su contacto, pero no hizo ningún intento por retirarla.

—Me gustaría conocer todos tus sueños, todas tus fantasías, especialmente las que me conciernen a mí —le acarició el dorso de la mano con el pulgar, admirado de la tersura de su piel. Era suave como todo su cuerpo, incluso más suave y más delicada en algunas zonas. Zonas que ansiaba tocar en aquel instante.

—Hace un momento intenté compartir uno de mis sueños contigo, pero tú...

—Cuestioné tu capacidad para compatibilizar tu condición de madre y empresaria —se llevó la mano a los labios, y se la besó con ternura y pasión—. Hago todo lo posible por reprimir mis actitudes machistas, pero fracaso algunas veces.

Blythe no podía soportar la ardiente sensación

de sus labios en su piel. Labios cálidos, húmedos, excitantes...

—Si tú puedes administrar un negocio multimillonario y ser a la vez un buen padre, ¿por qué no puedo yo llevar una floristería y un vivero y ser una buena madre?

Cuando él empezó a acariciarle los dedos con la lengua, Blythe ya no pudo soportarlo más y retiró la mano de repente. Sonriendo, consciente de lo que la había hecho sentir, Adam clavó en ella sus penetrantes ojos negros, provocándole un temblor que le recorrió todo el cuerpo.

—Tienes razón —dijo él.

—¿Yo? ¿Quires decir que estás de acuerdo conmigo?

—Claro. Para convertirnos en unos buenos padres, los dos tendremos que hacer concesiones, y habrá veces en que tendremos que anteponer las necesidades de nuestro bebé a nuestros negocios. Yo... —se señaló a sí mismo, y luego a ella—... tanto como tú.

—En realidad todavía no hemos tratado con detalle cómo vamos a compartir la custodia de... —en ese instante el bebé se movió otra vez, y Blythe se contuvo para no llevarse la mano al vientre—. Quiero decir, bueno... ¿cómo vamos a poder compartir la custodia durante los primeros seis meses si tengo intención de dar de mamar al bebé?

Adam no daba crédito a sus oídos. Hasta ese momento, ella no había dicho nada acerca de dar de mamar. Tragándose el nudo que sentía en la garganta, contempló sus senos erguidos y redondeados.

—¿Vas a dar de mamar al bebé? —le preguntó.

—Sí. El doctor Meyers dice que es mucho más saludable para mí y para el bebé; además, es algo que realmente quiero hacer.

—Creo que eso es maravilloso, pero nunca había imaginado que lo harías. Quiero decir que... la mayoría de las mujeres no lo hace, ¿no?

—Algunas mujeres lo hacen, y no siempre el tipo de mujeres dulces, dóciles y anticuadas que tú te estás imaginando —explicó Blythe, y se levantó de la mesa—. Las mujeres inteligentes e independientes también dan de mamar a sus bebés, ¿sabes? El hecho de que tenga un negocio propio no significa que no sea capaz de ser una buena madre.

Antes de que saliera de la cocina, Adam la agarró suavemente de un hombro. Blythe se detuvo, pero no se volvió para mirarlo.

—El bebé vivirá contigo durante el primer año entero —acercando los labios a su oído, Adam añadió en un murmullo, a su espalda—: Os visitaré a diario, y quizá incluso te observe mientras cuidas de nuestra hija.

La imagen de Adam de pie al lado de ella, sentada en una mecedora mientras daba de mamar al bebé, asaltó la mente de Blythe. Los pezones se le endurecieron y cerró los ojos, saboreando aquel momento.

En cuanto a Adam, el cuerpo le temblaba de deseo y maldijo para sus adentros. El sexo se le excitaba dolorosamente, pulsando contra las nalgas de Blythe. No había manera de que pudiera disimular su excitación, de evitar que ella sintiera su deseo.

Quería tomarla allí mismo, en ese preciso momento, de pie; era tan menuda, que podría levantarla sin esfuerzo.

—Yo... tengo que irme a trabajar, y... tú también —dijo Blythe sin aliento.

Adam rodeó su pequeño cuerpo con los dos brazos, descansando una mano sobre su vientre ligeramente abultado y acunando uno de sus senos con la otra.

—Los dos podríamos entrar un poquito tarde hoy, si...

—No —temblando, cerró los ojos con fuerza. Sabía

que tenía que apartarse de Adam, del calor de su cuerpo.

—Ya nos hemos tomado la tarde libre por la ecografía, no podemos....

—Podemos hacer lo que queramos —le acarició el pezón a través de su suéter de algodón, y a punto estuvo de explotar cuando ella gimió de gozo e inclinó la cabeza hacia atrás, apoyándola sobre su pecho.

—No hagas esto —le rogó Blythe—. Nada de sexo; me lo prometiste —en el fondo sabía que, si cedía a su deseo, acabaría con el corazón destrozado.

Lentamente, con desgana, Adam dejó de abrazarla y retrocedió un paso. Blythe seguía inmóvil, sin poder moverse.

—No te olvides de beber mucha agua antes de que te recoja después de comer —dijo Adam con una voz sorprendentemente calmada.

—Sí, tranquilo. Estaré lista a eso de las dos. Joy entrará a la una.

Salió apresurada de la cocina, recogió su bolso y abandonó la casa. Cuanto antes se alejara de Adam, mejor; era la tentación personificada.

¡Blythe no podía dar crédito a lo que había hecho Adam! De todas las maniobras manipuladoras y autoritarias en las que era un experto, aquella era la mayor de todas. ¿Cómo podía llegar a enamorarse de un hombre como él? Justo cuando pensaba que estaba cambiando, que se le estaba abriendo la mente, había hecho algo como aquello.

Miró fijamente a las dos mujeres que estaban frente a ella, obviamente esperando sus instrucciones. La mujer de mayor edad tendría unos cincuenta años, iba muy bien arreglada y lucía una melena corta, rubia; se llamaba Martha Jean. Después de sonreírle, Blythe se volvió hacia la mujer más joven, una atractiva morena llamada Cindy Burns.

—Lo siento, señoras, pero realmente no las esperaba. Y tampoco estoy segura de poder enfrentarme a esta situación —dijo Blythe.

Cuando llegó a la tienda hacía unos diez minutos, se había encontrado con las dos mujeres esperándola en la puerta. Después de presentarse ellas mismas, le contaron que su marido las había entrevistado el día antes y que, según sus instrucciones, ese mismo día empezarían a trabajar.

Blythe estaba orgullosa de la manera en que se había conducido. Tranquilamente había invitado a las dos mujeres a pasar a la floristería, había dejado su chaqueta y su bolso en la trastienda y allí se había puesto a preparar un descafeinado.

—Lo entendemos perfectamente, señora Wyatt —dijo Cindy—. El señor Wyatt nos explicó que el hecho de que nos contratara para ayudarla mientras estuviera embarazada constituiría una sorpresa para usted.

—Oh, ya veo. Sí, sí —asintiendo, Blythe se obligó a sonreír—. Mi marido constantemente me está soprendiendo.

—Yo pienso que eso es maravilloso —Martha Jean suspiró con gesto teatral—. Es usted tan afortunada de tener un marido como Adam Wyatt. Es tan atractivo, tan impresionante, está tan enamorado de usted... Durante nuestra entrevista, sólo hablaba de usted; que si trabajaba demasiado, que si la temporada de Navidad le exigía mucho trabajo y que estaba preocupado de que se excediera...

—Se aseguró de que comprendiéramos que usted era nuestra jefa, y no él —intervino Cindy.

—Bueno, Cindy, Martha Jean, ya que yo soy la jefa... —estuvo a punto de decirles que la «pequeña sorpresa» de su marido había fallado, pero cambió de opinión al ver las expresiones anhelantes de las dos mujeres; no tenía corazón para despedirlas.

—¿Sí? —preguntó Cindy.

—¿Adam... esto es, el señor Wyatt... les contó que sus trabajos serían solamente de media jornada, y de carácter temporal? —les preguntó Blythe, y de inmediato vio la sorpresa pintada en sus rostros—. Siento que él les haya hecho creer otra cosa, pero mi negocio es pequeño y no puedo permitirme contratar a dos empleadas de jornada completa.

—Oh —Martha Jean rió entre dientes—. Por un momento me he quedado preocupada. No necesita inquietarse por eso. El señor Wyatt dijo que figuraríamos en su nómina y que nuestros sueldos correrían de su cuenta. Estoy dispuesta a trabajar cinco días por semana, incluidos los sábados, así que tendrá tiempo libre para pasarlo con su marido, y Cindy trabajará media jornada, cuando sea necesario. El señor Wyatt comentó que usted misma nos diría qué días libraríamos.

Irónicamente, Blythe se dijo que Adam al menos le había dejado margen para que tomara aquella pequeña decisión. De repente sonó la campanilla de la puerta y las tres mujeres se volvieron para ver quién había entrado en la tienda. Joy se detuvo bruscamente al ver a Cindy y a Martha Jean, y luego miró a Blythe con expresión inquisitiva.

—Por favor, entra, Joy. Te presento a Cindy y a Martha Jean, mis nuevas empleadas. Adam las contrató ayer.

—Oh —Joy forzó una sonrisa y se acercó a las dos mujeres—. Encantadas de conocerlas.

—Bueno, Cindy, ¿qué te parece si terminas de decorar el árbol de Navidad del escaparate? —le pidió Blythe—. Los adornos están en las cajas doradas del almacén—. Y usted, Martha Jean, podría responder al teléfono y atender a los clientes que entren mientras yo hablo con la señora Simpson.

Blythe tomó a Joy del brazo y la llevó al pequeño cuarto de baño de la tienda. Una vez dentro, cerró la puerta, cruzó los brazos sobre el pecho y le preguntó:

—¿Qué voy a hacer? No puedo echarlas. Necesitan el trabajo.

—Ya deberías haber contratado a alguien para que trabajara media jornada —le recordó Joy—. Hace semanas que se lo prometiste a Adam.

—¿Es que estás de su lado? ¿Después de todo lo que él me ha hecho?

—No estoy del lado de nadie. Simplemente te estoy señalando que si tú hubieras cumplido tu promesa, Adam probablemente no habría tomado cartas en este asunto.

—¡Decididamente estás de su lado! —exclamó Blythe.

—Mira —Joy la tomó de los hombros—, cualquier otra mujer en el mundo habría estado encantada de tener un marido como Adam, que te adora y hace todo lo posible por facilitarte las cosas.

—No te atrevas a señalarme sus virtudes. No ahora, cuando estoy tan furiosa —replicó Blythe, enfurruñada.

—Admítelo —la instó Joy, riendo—. Adam no es el salvaje Neanderthal que pensabas que era. Y no se parece en nada a tu padrastro.

—No, no es como Raymond. Pero tampoco es perfecto; es demasiado dominante. Quiere convertirme en una ama de casa modelo. Y a mí me gusta mi floristería, y algún día también tendré un vivero. Odiaría tener que quedarme en casa todo el tiempo.

—Entonces, ¿qué piensas hacer con el pequeño Adam? —le preguntó Joy.

—Creo que podré venir a trabajar a la tienda con el bebé.

—¿Todos los días?

—Sí, todos los días.

—Y si el pequeño Adam se pone enfermo, ¿qué harás entonces? —inquirió Joy.

—Me quedaré en casa para cuidarlo. ¡Para cuidarla a *ella*! Maldita sea, Joy, quieres dejar de llamar a mi hija «pequeño Adam»?

—Vas a necesitar ayuda a tiempo completo una vez que tengas al bebé, así que ¿por qué no contratas a tus ayudantes ahora? Así podrán...

—Joy, ¿qué estás haciendo aquí? —Blythe la miró con sospecha.

—No me preguntes. Tú eres la que me has metido en este cuarto de baño.

—No me vengas con evasivas. Adam te envió, ¿no? —la acusó Blythe.

—He venido a buscar unas flores para la repisa de la chimenea —Joy sonrió, intentando aplacarla—. Quiero decorarla y...

—Adam sabía que montaría en cólera y te envió aquí para defender su causa, ¿verdad? —continuó Blythe, con las manos en las caderas.

—Tranquilízate, ¿quieres? —le dijo Joy, pasándole un brazo por los hombros—. No estarás en forma para que te hagan la ecografía si te pones tan tensa.

Blythe dejó caer los brazos a los lados, relajándose un tanto, pero se negaba a mirar a Joy.

—Sinceramente, ¿no ves nada malo en lo que me ha hecho?

—Yo no diría eso. Creo que Adam debería haberlo hablado contigo en un principio, antes de contratar a Cindy y a Martha Jean... Por eso me llamó antes de salir de casa; se había dado cuenta de que podía haber cometido un error. Y estaba preocupado por la forma en que reaccionarías...

—¿Qué se esperaba que hiciera? ¿Despedirlas?

—No, creo que temía más que lo despidieras a él cuando se presentara para acompañarte a ver al médico.

—Bueno, pues llámale por teléfono y dile que puede respirar tranquilo. Necesito ayuda en la temporada navideña, y también la necesitaré cuando nazca el bebé.

—Ahora te estás mostrando razonable —comentó Joy—. ¿Por qué no le llamas y se lo cuentas tú misma?

—No puedo. No tengo intención de hablar con él por lo menos durante una semana. Quizá más.

Joy estalló en carcajadas y salió del cuarto de baño, pero antes se volvió para mirar a su amiga y decirle:

—¿Te has preguntado alguna vez por qué Adam sigue soportándote?

Adam no se atrevió a tocar a Blythe cuando la enfermera, Helen Thrasher, les mostró la habitación donde se realizaría la ecografía. Quería tomarla del brazo, demostrarle su cariño y afecto en un día tan importante para los dos, pero sabía muy bien que ella deseaba que la dejara en paz. No le había dirigido la palabra desde que la recogió en la floristería. Por supuesto, Joy se lo había avisado, así que había tenido tiempo de prepararse para su silencio. O al menos eso creía él.

—Por favor entrad, Blythe, Adam —el doctor Meyers les presentó a una joven sonriente que se hallaba sentada en la sala—. Whitney Lawrence es la especialista que se hará cargo de la ecografía.

En ese momento la enfermera Thrasher entregó a la especialista la cinta de vídeo que Blythe había llevado consigo para que pudieran grabar la ecografía.

—Ahora, señora Wyatt, si quiere tumbarse aquí, empezaremos ahora mismo —le dijo Whitney.

—Adam, usted puede sentarse allí... —el doctor Meyers le indicó un asiento al lado de la camilla—... y tomar a su esposa de la mano mientras los dos ven a su hijo o a su hija. Me dijeron que querían saber el sexo de la criatura, si es que podemos, ¿verdad?

—Sí —respondieron al unísono Blythe y Adam.

—¿Esperan un niño o una niña? —les preguntó el médico, sonriente.

—Una niña —dijo Blythe.

—Da igual —fue la respuesta de Adam.

Whitney le levantó la blusa a Blythe y le bajó la falda, dejando su vientre al descubierto.

—Le aplicaremos esta pomada en la zona a explorar —les informó—. Así garantizamos la transmisión del sonido.

—Lo que vamos a hacer hoy es utilizar ultrasonidos de nivel dos —les informó el doctor Meyers—. Comprobaremos que la fecha que hemos calculado para el nacimiento se corresponde con el tamaño observado en el feto. Así sabremos cómo se está desarrollando y si hay más de uno o no.

—¿Más de uno? —Blythe intentó sentarse, pero Whitney la tranquilizó, volviendo a tumbarla.

—No nos llevará más de cinco o diez minutos —le dijo la especialista—. Y no sentirá absolutamente ningún dolor. Ahora voy a aplicarle el transductor en el abdomen. ¿Ven? —le enseñó el aparato a Blythe y a Adam—. Y podrán observar la exploración en este monitor.

Adam se encontraba sentado detrás de Blythe pero no le tomó la mano, ya que ella no se la había ofrecido.

—Oh, mira eso —exclamó Blythe en ese momento.

—¿Ve cómo late su pequeño corazón? —el doctor Meyers le dio unas palmaditas en un hombro.

Blythe miraba fijamente las imágenes en blanco y negro de su bebé. Y el de Adam.

Adam dirigió la mirada al monitor y por un momento se quedó sin aliento. El médico iba señalando la cabeza del bebé, las piernas, los brazos, la columna vertebral...

—Miren cómo se está chupando un dedo —les dijo Whitney.

—¿Qué? —Adam miró fijamente la pantalla hasta que terminó por ver lo que le había indicado la médico—. ¿Es posible?

—Qué precioso es —exclamó Blythe con lágrimas en los ojos. Eran lágrimas de felicidad.

Cuando miró a Adam, se le encogió el corazón; estaba contemplando la pantalla con una expresión de sobrecogimiento en sus ojos oscuros, casi de reverencia. Le tomó de la mano. Y él bajó la mirada a sus manos entrelazadas.

—Es real, Adam. Mírala.

El doctor Meyers rió entre dientes. Whitney Lawrence se aclaró la garganta y sonrió.

—¿Qué es eso? —preguntó Blythe, mirando a uno y a otra.

—Fíjese en eso, ahí... —el doctor Meyers señaló la zona de los genitales del feto—... y usted misma podrá decirme si es niño o niña.

—¿Un niño? —exclamó Adam. Un hijo. Su hijo. Contempló la pantalla durante unos segundos más, y luego miró el rostro asombrado de Blythe.

—¿Mi bebé es un niño? —preguntó ella—. ¿No es una niña?

—No podemos estar seguros al cien por cien, pero sí al noventa —dijo el doctor Meyers—. No creo que haya muchas dudas sobre ello. Su bebé es un niño.

—Ya casi hemos terminado —intervino Whitney—. Tendrá su cinta de vídeo y unas cuentas fotos para que se las lleve a casa.

—Podrá enmarcar la primera fotografía de su hijo y ponerla sobre su escritorio —le comentó el doctor Meyers a Adam, poniéndole una mano en un hombro.

—La primera fotografía de mi hijo —Adam sonrió—. Sí, supongo que eso es exactamente lo que es, ¿no? —imágenes de su hijo a difrentes edades asaltaron su mente. Un bebé gordito, sonriente, con los ojos de color avellana de su madre y el cabello negro de su padre. Apretó la mano de Blythe mientras le preguntaba—: ¿Te sientes muy decepcionada? Sé que esperabas una niña.

—No estoy decepcionada —le contestó ella—. Estoy sorprendida, pero... —no podía apartar de su mente la imagen de un bebé de ojos y cabello oscuro, tendiéndole las manitas y llamándole «mamá». El niño era la viva imagen de Adam.

—¿Pero qué?

—Nada. Tendré que empezar a llamarle «él», y no «ella».

De repente el bebé se movió, y Blythe emitió un gemido.

—¿Qué pasa? —Adam le apretó la mano.

—¿Todavía no se ha acostumbrado a sus movimientos, señora Wyatt? —le preguntó Whitney—. Imagino que llevará haciéndolo un par de semanas más o menos, ¿no?

—¿Que se ha estado moviendo? —Adam le soltó bruscamente la mano a Blythe, se levantó con rapidez de la silla y miró fijamente su vientre desnudo—. ¿Lo has sentido moverse desde entonces?

—Sí —admitió ella, y luego miró a Whitney—. La sentí... lo sentí moverse la primera vez hará unos diez días.

—Diez días —murmuró Adam, pensando que Blythe lo había sentido moverse desde había diez condenados días y no le había dicho ni una palabra. ¡Ni una palabra! ¿Por qué no se lo había contado? Habían convenido en que lo compartirían todo...

Blythe y Adam abandonaron la clínica del doctor Meyers aquel día con una cinta de vídeo, un fajo de fotografías en blanco y negro y la imagen de su hijo grabada en sus mentes. Adam no le había dirigido la palabra desde que descubrió que ella le había ocultado los primeros movimientos del niño. No podía evitar sentirse dolido e incluso, en cierta manera, traicionado.

Ayudó a Blythe a entrar en el coche, se sentó al volante y condujo rumbo a casa. Ni la miró ni le habló. Aunque ella lo miraba subrepticiamente de vez en cuando, Adam permaneció silencioso durante todo el trayecto.

En el mismo momento en que Adam entró en la casa y cerró la puerta tras de sí, miró a Blythe. Levantando la barbilla con gesto desafiante, ella le sostuvo la mirada.

—Quiero saber por qué no me lo dijiste, Blythe. ¿Por qué no compartiste eso conmigo?

—Adam, no se lo dije a nadie. Ni siquiera a Joy.

—¡Joy no es el padre de ese niño, sino yo! Convinimos en que lo compartiríamos todo. ¡Todo, maldita sea!

—Lo siento. No sabía que te alterarías tanto —sabía que se resentiría por ello, pero sinceramente no había imaginado que se pondría tan furioso—. No estoy segura de poder explicarme bien —se preguntó cómo podría decirle que el simple pensamiento de que la tocara de una manera tan íntima la había llenado de pánico. Cada vez que él la tocaba, por muy inocente que fuera el contacto, sentía cómo se le despertaba el cuerpo, deseando y necesitando que él siguiera tocándola.

—¿Es que te disgusto tanto? —preguntó—. Creía que habíamos superado nuestros prejuicios. Creía que estábamos empezando a comprendernos. ¿Estaba equivocado?

—No, no estabas equivocado.

—Entonces, ¿cuál es el problema? Explícamelo.

—No quería que tú... si hubieras sabido que el bebé se estaba moviendo... habrías querido... no podía soportarlo...

—¿No podías soportar que yo te tocara? ¿Es eso lo que estás intentando decirme? —Adam apretó los dientes con tanta fuerza que le dolió la mandíbula. Su esposa, la madre de su hijo, le estaba diciendo que no podía soportar sentir sus manos sobre su cuerpo. Un intenso, rabioso dolor lo recorrió, y tensó los músculos dolorosamente, cerrando los puños—. ¿Tanto te disgusta que te toque?

—No es lo que estás pensando —Blythe se quitó el abrigo, lo lanzó sobre el sofá y se acercó a Adam—. No me disgusta que me toques. En todo caso, se trata de todo lo contrario. ¿Es que no te das cuenta? ¿No puedes comprenderlo? Por eso no puedo soportar que me toques.

Adam la miró fijamente, sin saber a ciencia cierta si la había entendido bien. Cuando lo hizo, preguntó con voz ronca:

—¿Blythe?

—Lo nuestro es un matrimonio de conveniencia, provisional. Nos casamos porque estaba embarazada, no porque estuviéramos enamorados. Dentro de unos pocos meses, nos divorciaremos. Simplemente no creo que pueda soportar tener una relación sexual temporal contigo.

Súbitamente Adam tomó conciencia de lo que ella le había dicho. Blythe dio un paso hacia él, le tomó una mano y se la puso sobre su vientre, debajo de la blusa. La mano le temblaba. Ella la sentía dura y suave al mismo tiempo, cálida. Él aspiró su dulce perfume a jazmín.

—No se mueve durante todo el tiempo, ya lo sabes. Podría tardar horas en volver a moverse otra vez —Blythe apoyó su mano sobre la de Adam.

—No me importa pasar las próximas horas tocándote, sólo tocándote —le dijo él.

—¿Adam?

Dejando la mano sobre su abdomen, con la otra él le tomó la barbilla, levantándole la cabeza. Luego se inclinó, se perdió en la mirada de sus ojos y la besó. Fue el más largo, dulce, hambriento beso de su vida.

Capítulo Ocho

—Oh, Adam, esto es lo que yo temía —Blythe apoyó las manos en su pecho en un poco convincente intento por apartarlo.

Adam le acarició la nuca con una mano, y deslizó la otra bajo la cintura de su falda y de sus pantis de seda.

—Esto es lo que querías. Lo que queríamos los dos.

Su voz era tan ronca, tan viril y excitante que Blythe empezó a temblar como si reverberara en su interior, acariciándole la piel. Quería negar la verdad que contenían aquellas palabras, pero no podía. Lo deseaba desesperadamente, como nunca antes había deseado a ningún otro hombre.

—Después nos arrepentiremos, como la última vez...

Adam siguió deslizando la mano por debajo de sus pantis, entre sus muslos, hasta llegar a su sexo. Blythe ahogó un grito cuando sintió que le acariciaba delicadamente con dos dedos, asegurándose de que estaba tan excitada como él mismo.

—Nos arrepentiremos si no lo hacemos —replicó Adam, moviendo los dedos en círculos.

Blythe sintió que un calor ardiente se extendía por su interior, endureciéndole los pezones. Mientras sus dedos continuaban con aquella rítmica penetración, Adam inclinó la cabeza y la besó de nuevo, deslizando la lengua en su boca y sincronizando ambos movimientos. Blythe tuvo que apoyarse en sus hombros para sostenerse a la vez que él la hacía retroceder arrinconándola contra la pared; fue en ese momento cuando le desabrochó apresurado la blusa y le apartó el sostén para apoderarse de un seno. Al sentir la caricia de su pulgar en el pezón endurecido, gritó y Adam se detuvo de inmediato.

—¿Te he hecho daño? —le preguntó él, diciéndose que jamás se lo perdonaría si le provocaba algún dolor en medio de la furia de su pasión.

—No, no... —respondió, respirando aceleradamente—... no me has hecho daño.

De nuevo Adam continuó torturándola de placer. Gimiendo, Blythe cerró los ojos, estremecida, mientras él le bajaba la falda y los pantis para después desabrocharse los pantalones y liberar su excitado sexo. Tomándola de las nalgas la levantó en vilo y se introdujo en ella, incapaz de prolongar el momento. Había esperado demasiado, se había sentido demasiado dolido para comportarse como el amante tierno que ella tal vez esperaba. Y Blythe jadeó desenfrenadamente cuando él la penetró.

—Maldita sea, te gusta, cariño —por un instante saboreó el dulce, cálido éxtasis de sentirse completamente dentro de ella, rodeado por el húmedo calor de su cuerpo—. No quiero hacerte daño, pero lo necesito... lo necesito tanto...

Blythe le rodeó las caderas con las piernas y se abrazó a su cuello, enterrando el rostro en su pecho.

—No me estás haciendo daño; de verdad... me estás...me estás....

—¿Qué? —le preguntó Adam, apartándose un poco y agarrándola de las caderas para levantarla y bajarla rítmicamente, hundiéndose en ella.

—Me estás dando tanto placer que me duele... —respondió Blythe echando hacia atrás la cabeza y sonriendo, mientras suspiraba de gozo—... pero es un dolor dulce...

Aquella confesión lo excitó todavía más, hasta un punto insoportable, y el ritmo de sus movimientos se aceleró. La liberación llegó como una explosión de gozo. La dura, potente intensidad de su sexo contra el suyo transportó a Blythe a un prolongado clímax, que la dejó temblando de manera incontrolable.

Jadeando frenéticamente, cubierto de sudor, Adam la abrazó, unidos todavía sus cuerpos. Ella apoyó la cabeza sobre su hombro mientras él la llevaba a la habitación y luego al cuarto de baño; allí la dejó de pie, y rió entre dientes al ver cómo se tambaleaba, con las piernas débiles. La sentó con cuidado en un taburete, la besó en la nariz y se volvió para abrir el grifo de la bañera de hidromasaje.

Después le quitó lentamente la blusa y el sostén, y no pudo evitar acariciarle una vez más los senos, pequeños y redondeados. Blythe observó cómo la miraba y detectó un renovado deseo en sus ojos oscuros. Luego, cuando él se apartó para quitarse los pantalones y los calzoncillos, descubrió con sorpresa que estaba excitado de nuevo.

El propio Adam estaba asombrado. ¿Cómo era posible? Acababa de tener la mejor experiencia sexual de toda su vida y, al parecer, todavía no era suficiente. Con Blythe, nunca lo sería. Había algo en ella... algo que afloraba cuando los dos estaban juntos. Siempre había disfrutado del sexo, desde la primera vez, cuando tenía dieciséis años y perdió la virginidad con una mujer experimentada, dos años mayor que él. Había tenido muchas experiencias, pero ninguna le había preparado para lo que sentía con Blythe cada vez que la tocaba.

—¿Tienes alguna objeción a que tomemos un buen baño caliente antes de acostarnos? —le preguntó mientras la levantaba en brazos.

—¿Es eso lo que vamos a hacer? ¿Solamente tomar un baño?

—Durante un rato, sí —respondió él, entrando luego en el agua burbujeante y sentándose con ella en su regazo.

La colocó frente a sí, entre sus piernas extendidas, y deslizó los brazos por su cintura mientras ella apoyaba la cabeza en su pecho. De repente, Blythe se quedó sobrecogida; le tomó una mano y se la puso sobre su vientre, diciendo:

—Se está moviendo, Adam. Siéntelo. Siente cómo se mueve dentro de mí.

—¡Dios mío! —exclamó Adam, conteniendo el aliento cuando sintió a su hijo moverse.

—No podía imaginarme cómo sería esto —le confesó ella—. Joy intentó explicármelo, pero con palabras era imposible.

—Hey, chico, soy tu padre. ¿Qué te pasa? ¿Tu mamá y yo te hemos despertado con tanto movimiento? ¿Estás intentando decirnos que tengamos cuidado contigo?

—Creo —rió Blythe— que es demasiado pequeño para que te entienda.

—No te habré hecho daño, ¿verdad? —le preguntó—. Y tampoco al niño, espero... No quería tomarte de esa manera, cariño. Lo que pasa es que una vez que empezamos, perdí el control...

—No te preocupes. Estoy bien, y también nuestro hijo. Soy joven y fuerte y no hay ninguna razón para que las relaciones sexuales puedan perjudicarme ni a mí ni al bebé.

—En ese caso... —después de levantarla en vilo, Adam entró en ella dejándola por un instante sin aliento.

—¡Adam! —exclamó, cerrando los ojos.

La sensación de tenerlo en su interior bastaba casi para hacerla perder el sentido. El agua burbujeante de la bañera se arremolinaba en torno a sus cuerpos desnudos, acariciándoles la piel ardiente.

—Muévete, cariño —la instó él—. Muévete con fuerza.

Se movieron a un ritmo rápido, que fue creciendo a cada embate hasta que ambos estallaron de gozo a la vez. Después Adam la abrazó, besándola con una furiosa necesidad, anhelando que aquella sensación durara para siempre.

Minutos más tarde salió de la bañera y levantó a Blythe en sus brazos; después de envolverla en un par de toallas, la llevó al dormitorio y se dedicó a secarla, deleitándose mientras acariciaba su dulce cuerpo desnudo.

—Acuéstate, nena. Creo que ambos podríamos dormir una larga siesta antes de cenar —le dijo, preguntándose a continuación si Blythe pensaría que le estaba dando una orden. Pero se tranquilizó al ver que sonreía y apartaba el edredón para acostarse.

Se metió en la cama, se arropó y observó a Adam mientras se tumbaba a su lado. Quizá debería protestar, decirle que aunque hubieran mantenido relaciones sexuales, probablemente no deberían dormir juntos; eso convertiría a su matrimonio en algo demasiado real.

Pero cuando Adam la envolvió en sus brazos, se olvidó de todo lo demás.

A la mañana siguiente, todavía medio dormido, Adam palpó el lugar de la cama donde Blythe había dormido. Al no encontrarla, abrió los ojos.

—¿Blythe?

Aguzó el oído esperando escuchar el sonido del agua en el cuarto de baño, pensando que estaría duchándose, pero no oyó nada. Un silencio inusual flotaba en el ambiente.

Miró el reloj de la mesilla; eran las seis y media. Se dijo que seguramente Blythe no había ido a trabajar esa mañana, sobre todo cuando contaba con dos trabajadoras más en la tienda. Quizá estaría en la cocina preparando un desayuno especial para celebrar aquella noche de pasión. La pasada noche, después de cenar juntos, había vuelto a la cama de Blythe para seguir haciendo el amor.

Adam se estiró y apartó el edredón; ¡qué noche habían compartido! El simple hecho de pensar en Blythe lo excitaba. Ya estaba deseando que se olvidara del desayuno y volviera a la cama. La deseaba, quería hacer el amor con ella en ese mismo momento.

—¿Blythe?

Nadie respondió. Adam salió de la cama y se dirigió a la cocina; no había nadie. Y ni un solo plato sucio en el fregadero.

—¿Blythe?

Desnudo y excitado recorrió la casa, para descubrir que su esposa había desaparecido. Volvió a su habitación, se puso los pantalones y salió a la puerta exterior; el coche de Blythe no estaba por ninguna parte.

—¡Maldita sea! ¿A dónde se habrá ido esta vez?

La primera vez que hicieron el amor, no la encontró cuando se despertó a la mañana siguiente. Se había marchado, había escapado de su vida porque pensaba que aquello había sido un monumental error. ¿Pero por qué se había ido ahora? Estaban casados, esperaban un hijo y al fin habían empezado a conocerse y entenderse mutuamente. O al menos eso había pensado él. Seguro que Blythe no podía haber pensado que lo ocurrido aquella noche había sido otro error. Era imposible.

Se dijo que no tenía sentido quedarse allí, en la puerta de su casa, intentando explicarse por qué había desaparecido aquella explosiva pelirroja. Tendría que encontrarla y preguntarle qué había pasado. Haría cualquier cosa para que volviera a casa. Habían acordado que vivirían juntos mientras durara el embarazo y a los dos meses gestionarían el divorcio. Blythe no iba a romper ese acuerdo. No después de haber compartido aquella noche.

Adam se duchó, se afeitó y desayunó. Luego se dirigió a Decatur; desde el coche hizo varias llamadas para localizar a su esposa. A la tercera dio en el blanco. Estaba con Joy.

—Sí, está aquí. Se presentó de repente hace cerca de una hora y nos sacó de la cama —le informó Craig, bajando la voz—. Joy me echó a la cocina. Están encerradas en el despacho, probablemente conspirando contra ti.

—¿Qué quieres decir con eso? —le preguntó Adam mientras frenaba para dar media vuelta; en su distracción, se había pasado el desvío que llevaba a la casa de Craig y Joy.

—Bueno, las palabras exactas de Blythe cuando le abrí la puerta hace una hora fueron: «¿Dónde está Joy? Tengo que hablar con ella ahora mismo. Tiene que ayudarme a decidir lo que voy a hacer con Adam».

—Oh, diablos. Te juro, Craig, que hace unos miles de años las cosas eran mucho más simples, cuando todo lo que tenía que hacer un hombre en estos casos era darle un porrazo en la cabeza a su mujer y arrastrarla de vuelta a la cueva.

—Entra por la puerta de atrás —Craig rió entre dientes—. Tendrás una taza de café bien cargado esperándote.

Adam aparcó su coche directamente detrás del de Blythe, bloqueando su salida en caso de que quisiera marcharse a toda prisa. Siguiendo las instrucciones de Craig, se dirigió a la puerta trasera y levantó la mano para llamar. Antes de que lo hiciera, Craig apareció en el umbral con su hija en brazos, llorando.

—Entra. Missy ha entrado en crisis. Se ha levantado con hambre y voy a tener que entrar allí e interrumpir esa reunión de mujeres.

—Hey, preciosa —Adam saludó a Missy haciéndole cosquillas debajo de la barbilla.

La niña dejó de llorar y miró con interés a su padrino, llevándose un puñito a la boca.

—¿Tú entiendes a tu esposa? —preguntó Adam a su mejor amigo.

—Un poco. Pero ella es una mujer y yo un hombre, lo que descarta toda posibilidad de un entendimiento completo.

—Creí que después de la pasada noche la situación habría mejorado. ¿Cómo he podido estar tan equivocado? —Adam sacudió la cabeza—. Cada vez que hago el amor con ella, se escapa. ¿Qué se supone que voy a hacer?

—Yo no puedo responder a esa pregunta —Craig besó a su hija en el pelo—. Vamos, tío Adam, síguenos. Missy quiere ver a mamá, y tú quieres ver a la tía Blythe.

—No sé si quiero verla o no. Esa mujer crea más problemas de lo que vale.

—No te creas. Si eso fuera cierto, tú no estarías aquí —y llamó a la puerta del despacho.

—¿Sí? ¿Qué pasa, Craig? —inquirió Joy al otro lado.

—Su hija tiene hambre, *madame* —respondió Craig a la vez que abría la puerta y entraba.

—Ven con mamá, corazón —Joy abrazó a su hija—. ¿Tienes hambre? —ya se disponía a darle el pecho cuando se detuvo bruscamente al ver a Adam entrando en la habitación—. Hola, Adam.

Blythe, que estaba sentada en el sofá, levantó rápidamente la cabeza y se quedó mirándolo fijamente, con los ojos muy abiertos y una expresión muy extraña. De repente, Adam se dio cuenta de que le tenía miedo. ¡Su mujer le tenía miedo!

—¿Puedo hablar contigo a solas? —Adam se dirigió directamente a Blythe.

—Sí —respondió ella, y le dijo a Joy—: Ve y hazte cargo de Missy. Adam y yo necesitamos hablar.

—Si necesitas que yo... —empezó a decir Joy.

—No creo que te necesiten, cariño —intervino Craig.

—De acuerdo —Joy abandonó el despacho del brazo de su marido.

—¿Puedo sentarme? —preguntó Adam. Odiaba andarse con tantos rodeos, pero no tenía otra elección; no quería cometer un error haciendo o diciendo algo que pudiera hacerla enfadar.

Blythe asintió pero, antes de que pudiera evitarlo, él se sentó en el sofá, a su lado. Cuando vio que se iba al otro extremo, Adam maldijo en silencio; recordaba que había hecho eso mismo la noche del bautizo de Missy, cuando estaban en su apartamento, durante la tormenta. Parecía tenerle tanto miedo como entonces. ¿Pero por qué?

—¿Qué te pasa, nena? ¿Por qué te has ido?

—Ya no podemos vivir juntos —respondió sin mirarlo.

—¿Qué quieres decir?

—Creo que es obvio, después de lo que ha pasado esta noche.

—Me temo que no acabo de comprender tu razonamiento. Pero eso, por supuesto, no es algo nuevo, ¿verdad?

—Hicimos un trato, y nos comprometimos a ciertas cosas. La pasada noche, rompimos nuestra promesa de no mantener relaciones sexuales. Eso cambia las cosas. ¿No te das cuenta?

—No, no me doy cuenta.

—Las relaciones sexuales han cambiado nuestra relación, ¿no? —lo miró de reojo.

Adam se preguntó qué sería lo que la molestaba. ¿Pensaría que el hecho de que de nuevo se hubieran convertido en amantes había alterado sus planes? ¿Temía que él pudiera esperar que ella se comportara como una verdadera esposa? ¿Que siguieran casados y se olvidaran del divorcio?

—Eso no tiene por qué cambiar nada —dijo Adam

con cautela, y después añadió—: A no ser que tú lo quieras.

—¿Y qué pasa contigo? —preguntó ella—. ¿No te parece que ahora ha cambiado nuestra relación?

Adam se preguntó qué querría decir con eso. Si pudiera leerle el pensamiento y escoger la respuesta adecuada... Por lo que a él se refería, el hecho de que hubieran vuelto a convertirse en amantes había cambiado su relación... para mejor. O al menos, debería haberlo hecho. Si era totalmente sincero con ella y consigo mismo, le diría que en ese momento la deseaba más que nunca, y que la idea de dar por terminada su relación después de que naciera su hijo no le gustaba en absoluto. ¿Pero cómo reaccionaría Blythe si era sincero con ella? Obviamente, el pensamiento de que su relación se volviera permanente la aterrorizaba.

—Mira, sé que hacer el amor adquiere para una mujer algunas veces un significado demasiado especial. Quizá hayas reaccionado de forma exagerada ante algo que no podía menos que ocurrir. Después de todo, estamos casados, vivimos en la misma casa y sentimos una mutua atracción. Es natural que queramos hacer el amor.

—Sí, supongo que sí.

Blythe pensó que Adam estaba reaccionando como ella había esperado. Le estaba diciendo que para él nada había cambiado, mientras que para ella todo era diferente. Adam la deseaba como compañera sexual mientras estuvieran casados, pero todavía tenía intención de divorciarse después de que naciera su hijo. Para él, aquel apasionado interludio amoroso simplemente había sido sexo; pero, para ella, había sido amor.

Después de despertarse esa mañana y de meditar sobre lo sucedido, se había marchado esperando que Adam la persiguiera, rezando para que se apresurara a seguirla a casa de Joy y de Craig y allí le hiciera una declaración de amor eterno. Había sido una estúpida. Adam podría desearla sexualmente, pero nunca la aceptaría como una compañera con quien compartir su vida. Ella no era lo que él quería.

¿Y él era lo que ella quería?, se preguntó. Casada con Adam, nunca podría estar segura de si, deseando agradarle y hacerle feliz, no estaría renunciando cada día a algo de sí misma. ¿Podría tener la seguridad de que no llegaría a cambiar, de que no intentaría ser el tipo de mujer que él esperaba, más que el tipo de mujer que era en realidad?

Adam extendió una mano y le acarició una mejilla con el dorso. Suspirando profundamente, Blythe cerró los ojos, deleitada.

—Hicimos un trato —dijo él—. Un trato que nos hemos esforzado en respetar, a excepción de la cláusula de las relaciones sexuales —sonrió— que, por cierto, no tenía mucho sentido, teniendo en cuenta la mutua atracción que sentimos.

Blythe abrió los ojos y le apartó la mano de la cara.

—A ver si lo entiendo bien. El hecho de que seamos amantes no cambia en nada lo que acordamos en un principio.

—Efectivamente —repuso Adam, consciente de que mentía.

—Y tú quieres que continuemos siendo amantes, ya que al parecer no podemos evitarlo...

—¿Por qué deberíamos luchar contra esa atracción? Te deseo, y tú a mí. ¿Qué tiene de malo disfrutar de una relación sexual mientras estemos casados?

—Y cuando nos divorciemos, ambos seremos libres de encontrar otros... amantes, ¿no? —le preguntó ella.

«¡No, diablos, no!», exclamó Adam para sí. Sería capaz de matar al hombre que la tocase. Blythe era suya, solamente suya.

—Sí, seguro. Cuando nos divorciemos —le aseguró.

—No estoy segura de que pueda... seguir teniendo relaciones sexuales contigo.

—Vuelve a casa conmigo —le dijo Adam, tomándole las dos manos— y prométeme que, a pesar de lo que ocurra, no volverás a marcharte. Y yo te prometo que dejaremos que suceda lo que tenga que suceder.

—¿Qué quieres decir con eso?

—Quiero decir que no daré por hecho que sigamos manteniendo relaciones sexuales, pero que si nos deseamos y hacemos el amor, no habrá recriminaciones ni culpas de ningún tipo en lo sucesivo. ¿Estás de acuerdo?

Blythe consideró sus opciones. Podía abandonar a Adam. Podía quedarse con él y negarse a mantener relaciones sexuales. O podría quedarse con él y permitirse el placer de tenerlo por amante... hasta su divorcio.

—Volveré a casa... cuando salga del trabajo. Pero quiero un par de días de margen, para dejar reposar las cosas, antes de acordar nada contigo. Dame un poco de espacio. Y no me toques. No puedo pensar bien cuando me tocas.

—Conozco esa sensación, nena —demasiado bien la conocía. Cuando la tocaba, perdía todo vestigio de razón. Si fuera consciente del poder que ejercía sobre él, podría aniquilarlo —. Amigos otra vez y... quizá, algunas veces... ¿también amantes? —le tendió la mano.

—Amigos sí —Blythe esbozó un leve sonrisa—. ¿Amantes? Tal vez.

No le estrechó la mano. Todavía no se atrevía a tocarlo.

Capítulo Nueve

Sentado en su despacho, Adam miró por enésima vez su reloj diciéndose que tenía que contenerse. Durante toda la mañana había estado en ascuas, contando los minutos que faltaban hasta que Blythe se presentase a la cita que tenían para comer juntos. Desde el acuerdo al que había llegado hacía cuatro días, dándose algún tiempo para recuperarse, las cosas habían vuelto a la normalidad. Si acaso podía considerarse «normal» que durmieran en camas separadas y tuvieran especial cuidado en no tocarse.

Su primer periodo de abstinencia sexual había finalizado con una noche gloriosa, pero sólo para encontrarse con que al día siguiente empezaba otro más largo, ¡quizá por otros cinco o seis meses! Tenía todas las razones del mundo para acusar a Blythe de intentar atormentarlo sirviéndose del sexo, si no supiera que ella sufría tanto como él. Blythe lo deseaba, pero por propias e ilógicas razones, estaba negándoles a los dos el inmenso placer que encontraban en hacer el amor.

Sin embargo, ese día tenía intención de cambiar las cosas. No iba a forzar nada; actuaría tranquilo y despacio... pero no demasiado despacio. Quería a su esposa desnuda y excitada bajo su cuerpo antes de que aquella noche tocara a su fin. Quería oírla gritar de placer, suplicándole que la amara. Había tomado una decisión y nada lo detendría. Estaba dispuesto a seducir a su mujer.

Había pensado que ella podría rechazar su invitación a comer y a hacer un pequeño viaje de compras .

después; por eso había ideado un plan alternativo. Pero Blythe se había apresurado a aceptar, ya que necesitaba comprarse ropa de premamá y escoger algunos artículos para la habitación del niño.

Le dolía inmensamente el pensamiento de Blythe marchándose de su casa con su hijo. Ella le había preguntado si no creía que era una pérdida de tiempo y de dinero molestarse en preparar y decorar la habitación del niño en la casa que compartían, ya que solamente estaría allí por poco tiempo. Incluso si Blythe y su hijo se trasladaban a una nueva casa después del divorcio, Adam deseaba decorar con ella, conjuntamente, la habitación del niño.

Él había insistido especialmente en eso, como en tantas otras cosas.

Algunas veces sabía que la presionaba demasiado, intentando hacerse cargo de ella, haciendo lo que creía era lo mejor. Y que el cielo lo ayudara, pero no podía evitar hacer esas cosas que a ella tanto la irritaban aunque, por otro lado, eso no le impedía ponerse en el punto de vista de Blythe. Y se esforzaba en ello todo lo posible; incluso ella tenía que admitirlo.

—¡Le digo que no puede entrar! —exclamó en ese momento Sandra Pennington, la secretaria de Adam, con voz alta y clara.

Adam levantó la cabeza para ver que la puerta de su despacho se abría de repente, dando paso a Angela Wright, tan despampanante como siempre, con su secretaria pisándole los talones.

—Lo siento, señor Wyatt —le dijo Sandra—. Le dije a la señorita Wright que usted no quería que nadie lo molestara pero, como puede ver, no me ha hecho caso.

—Adam, querido, dile a esta mujer que se vaya —Angela se bajó la cremallera de su chaqueta, revelando un ajustado *body* que destacaba sus generosos senos—. Sabía que querrías verme, por muy ocupado que estuvieras.

—Gracias por sus esfuerzos, Sandra —le dijo Adam—. Yo me haré cargo de esto.

Frunciendo el ceño, Sandra lanzó uan mirada desaprobadora a la intrusa.

—No se olvide de que dentro de quince minutos tiene una cita para comer —le recordó a su jefe.

—No me he olvidado. Si la persona con quien estoy citado llega antes de que se marche la señorita Wright, entreténgala en su oficina.

—Creo que de ningún modo debería hacerla esperar, señor Wyatt —Sandra le lanzó una mirada de advertencia.

—No tengo esa intención —le aseguró Adam—. Ahora, vuelva al trabajo. Yo me encargaré de este problema.

Sandra se encogió de hombros y salió del despacho. Después de dejar su chaqueta sobre una silla, Angela se volvió sonriente hacia Adam.

—¿Con quién has quedado para comer? Apostaría a que tu mujercita no está al tanto de esto —rodeó el escritorio, se sentó en un brazo del sillón y le echó los brazos al cuello—. Si quieres disfrutar de una buena comida caliente.... —le acarició el lóbulo de la oreja con la punta de la lengua—... ya sabes que lo único que tienes que hacer es llamarme.

—Voy a disfrutar de una buena comida caliente... —repuso Adam, liberándose de sus brazos y obligándola a levantarse de su sillón—... pero con la mujer que yo quiera.

—Supongo que he llegado tarde, ¿eh? —Angela se puso a pasear por el despacho, contoneando las caderas provocativamente—. Ya me imaginaba que querrías a alguien más excitante que esa pequeña pecosa. ¿De cuántos meses está? De varios, supongo.

—Al poco tiempo de empezar a salir contigo, Ange-

123

la, ya me di cuenta de que no me gustabas mucho. Pero nunca creí que fueras tan arpía.

—Pues parecía que te gustaba bastante... —repuso mientras apoyaba las manos en el pecho de Adam—... cuando hacíamos el amor.

—Era puro sexo, Angela. Una mujer como tú no hace el amor. Hace conquistas.

Angela volvió a echarle los brazos al cuello e intentó besarlo, pero él se lo impidió.

—¿Qué es lo que te pasa? ¿Es que te ha embrujado tu pequeña esposa?

—No te *deseo* —repuso Adam—. Incluso a ti debería quedarte eso claro —la agarró de los hombros—. Tengo una esposa, y ni necesito ni quiero una amante.

—Si estás satisfecho con tu esposa embarazada, entonces, ¿por qué te entretienes en citarte con otra mujer para comer? Siento de verdad que no me hayas elegido a mí. Llámame la próxima vez que necesites a alguien para divertirte. Ahora, dame un beso de despedida y me iré.

—Nada de besos.

—¡Uno pequeñito...! —volvió a inclinarse hacia él.

En ese preciso momento se abrió la puerta del despacho. Y Adam vio a Blythe en el umbral, con Sandra Pennington intentando desesperada impedirle el paso.

—Lo siento, señor Wyatt, pero la señora Wyatt no quería esperar.

Adam apartó de sí a Angela, dio un tentativo paso hacia Blythe y se detuvo en seco, paralizado por la airada expresión de su esposa.

—Esto no es lo que parece —intentó explicarse.

—Por supuesto que no —Angela recogió su chaqueta, se la echó al hombro y sonrió a Blythe—. Precisamente me estaba echando. Me dijo que hoy no tenía tiempo para mí, ya que le esperaba una *buena comida caliente* con otra mujer, ya me entiendes —luego se volvió hacia Adam, le lanzó un beso y pasó de largo al lado de Sandra y de Blythe.

—No te precipites —le dijo Adam a su esposa—. Por favor, déjame que te lo explique todo.

Blythe no se movía. No hablaba; ni siquiera pestañeaba. Adam se acercó a ella con cautela.

—Hoy es la primera vez que la veo desde que apareció en la recepción sin que la invitaran. Y hoy también se ha presentado aquí sin que la llamasen.

—Puede que no la llamaran, pero obviamente no ha sido mal recibida.

—Eso no es cierto. Le dije que se marchara. Quería que le diera un beso de despedida antes de...

Adam se agachó justo a tiempo de esquivar el bolso de Blythe, que le pasó rozando la cabeza. Después la joven agarró dos pequeñas tallas de cristal del escritorio y se las lanzó una detrás de otra; la primera hizo impacto en la mesa, y la segunda en el estómago de Adam.

—Me prometiste que no... que no... Debería haber adivinado que no podrías aguantarte durante todos estos meses —chilló Blythe—. Durante todo este tiempo me has estado mintiendo, viéndote con esa mujer a mis espaldas. ¡Mentiroso, estafador...!

Blythe optó por retroceder hacia la oficina de Sandra, mientras Adam la seguía guardando una prudente distancia.

—No he tenido relaciones sexuales con ninguna mujer desde la primera vez que hice el amor contigo, y tú lo sabes perfectamente.

—No te creo. Estabas abrazando a esa mujer. ¡Ibas a besarla!

—¡Estaba intentando quitármela de encima! ¡Y era ella la que estaba intentando besarme!

—¿Realmente esperas que me crea eso? —Blythe blandió el dedo índice de la mano derecha frente a Adam, antes de enjugarse las lágrimas de rabia que le corrían por las mejillas.

Sin darle oportunidad a que pudiera replicar, salió a toda prisa al pasillo y pulsó el botón de llamada del ascensor. En el momento en que se abrieron las puertas, entró apresurada.

Adam alcanzó a entrar cuando ya las puertas se cerraban, y Blythe retrocedió a una esquina, cruzando los brazos sobre el pecho. Lo miró fijamente con expresión hostil, pero tuvo que esforzarse por no reír; parecía ridículo con la cara roja de furia, los ojos negros brillantes... y su bolso colgando de un hombro. Adam siguió la dirección de su mirada, gruñó y le tendió el bolso.

—Te olvidabas de esto.

Blythe se las arregló para disimular una sonrisa y aceptó el bolso.

—Me preguntaste si esperaba que me creyeras —se acercó a ella mientras el ascensor descendía—. Bueno, la respuesta es sí, lo espero, sobre todo teniendo en cuenta que te he dicho la verdad.

—Hum... lo habría apostado.

—No me he estado viendo con Angela —Adam levantó las manos, exasperado—. Ni siquiera me gusta esa mujer.

—No te tiene que gustar alguien para... para...

—No, pero tienes que desearla al menos... —Adam apoyó las manos en la pared del ascensor, a ambos lados de Blythe—. Y yo sólo deseo a una mujer.

Blythe tragó saliva, ruborizada. Un calor familiar empezaba a extenderse por su cuerpo. Lo que decía Adam le parecía convincente; quería creerlo, lo necesitaba. De hecho, lo creía. Pero no tenía intención de ceder tan fácilmente. Quizá no había tenido una aventura con aquella rubia, pero la había tocado, y prácticamente la había estado besando cuando Blythe entró en su despacho.

El ascensor se detuvo en el primer piso y las puertas se abrieron. Blythe se escurrió por debajo de un brazo de Adam y salió a toda prisa, dejándolo solo, pero él la alcanzó en la puerta del edificio y la obligó a detenerse.

—Vamos a comer juntos y hablaremos de esto.

—¡No voy a ningún sitio contigo! —se liberó de él y se dirigió apresurada al aparcamiento.

—¡Oh, claro que sí! —le gritó Adam antes de levantarla en vilo.

—¡Bájame! Ya sabes que odio que hagas esto. ¡Porque seas más grande y fuerte que yo, crees que puedes hacerme lo que quieras!

A Adam no le importaron las miradas de los curiosos mientras llevaba en brazos a Blythe hacia su coche. Abrió la puerta, la sentó en el asiento y le abrochó el cinturón de seguridad. Pero cuando se disponía a sentarse al volante, ella ya se lo había desabrochado y estaba intentando abrir la puerta. Inclinándose, le agarró las dos manos y volvió a ajustarle el cinturón.

—Vamos a comer juntos, y luego iremos de compras.

—No quiero ir a ninguna parte.

—Bueno, pues lo siento porque vamos a ir. No voy a consentir que Angela trastorne nuestros planes. Quiero pasar unas horas con mi esposa.

—¿No te importa lo que quiera yo?

—Querías comer conmigo y luego salir de compras antes de que descubrieras a Angela en mi despacho —Adam arrancó el coche y salió del aparcamiento.

Blyteh cruzó los brazos sobre el pecho. Al pensar en la despampanante rubia, se sentía insignificante comparada con ella.

—Ella es muy sexy, ¿verdad?

—¿Quién?

—Angela, maldita sea.

—Sí, Angela es muy sexy —afirmó Adam—. Si te gusta ese tipo de mujeres.

—A ti te gustaba, ¿no? Saliste durante meses con ella. Te acostaste con ella —Blythe deseó que el pensamiento de Adam haciendo el amor con cualquier otra mujer, pero especialmente con Angela, no la afectara tanto. ¿Cómo iba a sobrevivir cuando se divorciaran? ¿Qué sucedería si Adam volvía a casarse otra vez?

—Creía que Angela era mi tipo —Adam se encogió de hombros—, pero estaba equivocado —miró a Blythe, y ella le sostuvo la mirada—. Además, ha cambiado mi gustos en lo tocante a mujeres. Ninguna de las mujeres con las que solía salir son mi tipo ahora.

—Te propuso mantener relaciones sexuales, ¿no? —le preguntó Blythe.

—Decliné su oferta.

—¿Por qué?

—¿Por qué crees tú?

—Porque me prometiste que no mantendrías relaciones sexuales con nadie mientras estuviéramos casados —respondió Blythe. Sabía que Adam era un hombre de palabra; por esa razón creía, confiaba en él.

—Y... —añadió Adam, mirándola.

—¿Y qué?

—Que esa no era la única razón por la que decliné su oferta.

—Ya sé que dijiste que ella ya no es tu tipo. ¿No es eso?

Adam abandonó la carretera principal y aparcó en el primer lugar que encontró libre, apagando luego el motor.

—Creía que íbamos a comer en el Jardín Italiano —dijo Blythe—. ¿Por qué te has detenido aquí?

—¿Sabe usted cuál es mi tipo, señora Wyatt? —le preguntó de repente Adam, inclinándose hacia ella y tomando su rostro entre las manos. Mi tipo es una pequeña pelirroja, independiente y tenaz, aficionada a ver viejas películas de terror conmigo, celosa de mis viejas amantes, y que me excita cada vez

128

que me mira con sus grandes ojos del color de la avellana.

—¡Adam!

—Para que te desee, lo único que tienes que hacer es mirarme —le tomó una mano y se la puso en la entrepierna, como para demostrarle lo que le decía—. Tú, sólo tú.

—No sé por qué te creo, pero sí, te creo —retiró la mano de repente.

—Sabes que no te mentiría —repuso él—. Puede que nuestro matrimonio no sea real, y puede que no estuviéramos enamorados cuando nos casamos, pero mientras seas mi esposa, serás la única mujer que exista para mí.

Blythe no estaba dispuesta a disculparse, ni a reconocer que había reaccionado de manera exagerada cuando descubrió a Angela en su despacho. Y tampoco iba a admitir lo mucho que significaba para ella la promesa que acababa de hacerle Adam, pero le debía alguna concesión. Iba a proponerle que firmaran la paz y a intentar que su relación volviera a sus cauce normal.

—¿Adam?

—¿Qué?

—Ya sabes que hoy tengo que quedarme a trabajar hasta tarde.

—Sí.

—Podrías pasarte por la tienda y ayudarme. Yo podría decirle a Martha Jean que no se quedara trabajando, y tú y yo podríamos hablar sobre la decoración de la habitación del niño, encargaríamos una pizza y...

—¿Esa es tu forma de decirme que sientes haberme juzgado mal? —le preguntó él.

—Es mi manera de decirte que apruebo tus nuevos gustos en cuestión de mujeres.

—Si no dejas de mirarme de esa manera, voy a

terminar haciendo el amor contigo aquí mismo, ahora —musitó Adam con una sonrisa en los ojos.

Blythe deslizó una mano por su pecho, y fue bajando hasta llegar al vientre y a su excitado sexo. Adam gruñó.

—Conozco una manera mejor de decirte que lo siento —dijo ella, retirando la mano—. Esta noche.

—Ya está. Éste es el último —Adam le entregó a Blythe el último lazo de terciopelo rojo; luego estiró la espalda, levantándose de la banqueta donde había estado sentado al lado de su mujer, frente a la mesa de trabajo—. Ahora, estoy listo para devorar esa pizza.

Blyhte se levantó también; le dolía todo el cuerpo. Adam y ella habían estado trabajando durante tres horas, preparando un gigantesco encargo de arreglos florales de Navidad.

—Déjame darte un masaje de espalda, nena —le propuso Adam—. No sabía que tu trabajo era tan cansado —comentó mientras le daba un masaje en los hombros para relajarla—. Para ser sincero, no sé gran cosa acerca de este oficio. ¿De verdad quieres ampliar tu negocio y montar un vivero?

—No te detengas; lo haces tan bien... —dijo Blythe, suspirando—. Sí, cuando el niño sea un poco mayor, me gustaría comprar una propiedad y compaginar mi negocio de flores con un vivero.

—¿Te lo pensarías si te propusiera que yo te comprase la propiedad? —continuaba dándole el masaje en los hombros y en la espalda.

—No. Ya harás demasiadas cosas por mí después... después de nuestro divorcio. Construir una casa para nuestro hijo y para mí, pagar los salarios de dos empleadas y...

—Soy un hombre rico, cariño. En tu situación, la mayoría de las mujeres se aprovecharía de eso.

—Yo no soy como la mayoría de las mujeres.

Antes de que Blythe pudiera darse cuenta, Adam la hizo volverse y la besó.

—¿A qué viene esto? —preguntó ella.

—Porque eres tú misma, y no como la mayoría de las mujeres.

—Oh —Blythe sonrió—. Acepto esa respuesta. Me gusta. Puedes seguir dándome un masaje en la espalda; también me gusta.

Riendo, Adam la acercó más hacia sí y empezó a acariciarla.

—Hora de la pizza —Blythe se liberó de su abrazo y prácticamente corrió a la trastienda, donde Adam había dejado la pizza hacía unos diez minutos, cuando se la entregó el repartidor.

—No corras, nena —dijo Adam, siguiéndola—. No te sienta bien.

—No estoy corriendo —mintió—. Lo que pasa es que estoy hambrienta. De hecho, me muero de hambre —se dio unas palmaditas en el vientre—. Y mi Elliott también.

—¿Elliott?

—¿Te importaría que lo llamáramos Elliott? —se volvió sonriente hacia Adam—. Yo era hija única y el apellido de mi padre se iba a perder conmigo.

—No lo sé, cariño. Elliott suena tan... tan...

—¿Tan qué?

—Tan estirado...

—¡No! Suena a distinguido y sofisticado.

—Elliott, ¿eh?

—Elliott Adam Wyatt —sugirió Blythe.

Una agradable sensación de calidez invadió a Adam cuando ella pronunció el nombre que había escogido para su hijo. El nombre de su padre; su nombre.

—Si Elliott Adam Wyatt tiene hambre, será mejor que le demos de comer —declaró—. ¿Tenemos platos, servilletas? ¿Algo de beber?

—Tengo la sensación de que si Elliott sale al padre,

voy a pasar el primer año dándole de mamar y cambiándole los pañales.

—Respecto a lo primero no puedo hacer mucho, hasta que empiece a comer comida de bebé, pero puedo cambiar los pañales, si tú me enseñas.

Blythe quería preguntarle si tenía intención de verlos con la frecuencia necesaria para hacer esas labores, pero prefirió no echar a perder aquel momento.

—Yo me encargaré de esto —le dijo mientras sacaba de debajo del mostrador vasos, platos y cubiertos—. Tú ve a la nevera a buscar unos refrescos.

Mientras comían las pizzas charlaron animadamente. Cuando terminaron, Blythe le dijo que tenía que cambiar de maceta unos cactus que a Cindy se le habían caído accidentalmente cuando los colocaba en un estante.

—Si me enseñas cómo se hace, te ayudaré —se ofreció Adam.

—Puedes recoger ese saco de tierra vegetal que está debajo del mostrador, y colocarlo aquí arriba —señaló su mesa de trabajo.

Adam siguió sus instrucciones y se sentó en la banqueta, a su lado.

—¿Y ahora?

—¿Estás seguro de que quieres hacer esto? Te vas a manchar las manos —dijo mientras introducía una mano en el saco y sacaba un puñado de tierra oscura.

—Sólo porque sea el jefe de Construcciones Wyatt, eso no quiere decir que no me ensucie las manos de vez en cuando —Adam observó que Blythe seguía sosteniendo en la mano el puñado de tierra y se preguntó qué pretendía hacer. A juzgar por la forma en que lo miraba, estaba tramando algo—. Cuando era adolescente, trabajaba con los empleados de mi padre haciendo todo tipo de trabajos duros. Entonces no temía ensuciarme, y ahora tampoco.

—¿Estás seguro? —le preguntó con tono juguetón.

Y cuando él asintió, le lanzó el puñado de tierra a la pechera de su inmaculada camisa blanca.

—Quieres jugar, ¿eh? —Adam se bajó de la banqueta.

Blythe saltó de la suya y corrió al otro lado de la mesa de trabajo.

—¿Te das cuenta de que nunca te he visto sucio?

—¿De verdad? —Adam metió la mano en el saco y agarró un puñado de tierra—. Ahora que lo dices, yo tampoco te he visto sucia a ti.

—Detente y piensa en lo que estás haciendo —le advirtió Blythe mientras retrocedía—. Soy una mujer embarazada.

—Ya lo sé —repuso mientras rodeaba la mesa, persiguiéndola—. Eres una mujer embarazada muy juguetona.

—¡Adam!

—Nena, supongo que sabes que esto es la guerra —declaró Adam agarrando el saco y acercándose a ella.

Blythe corrió a la trastienda e intentó cerrar la puerta, pero él fue más rápido; la agarró, la atrajo hacia sí, levantó el saco de tierra y lo volcó sobre su cabeza. Tres cuartas partes del saco cayeron en cascada sobre Blythe; a Adam le correspondió el otro cuarto.

Después de hacer el saco vacío a un lado, Adam miró a Blythe que, toda cubierta de tierra, reía sin parar.

—¿Sabía usted que está preciosa cuando está sucia, señora Wyatt?

—Al igual que usted, señor Wyatt —le echó los brazos al cuello—. Pero, ¿cómo se te ha ocurrido esta idea de ducharnos a los dos de tierra?

—Pensé que si nos ensuciábamos lo suficiente, podríamos ir a casa y jugar juntos en la bañera.

—¿Sí? ¿Qué te parecería si te dijera que prefiero quedarme aquí y jugar contigo en la tierra?

—Nena, será mejor que no tientes a un hombre a no ser que vayas en serio.

—He oído que la gente puede hacer el amor en cualquier parte.

En ese momento Adam la besó hasta dejarla sin aliento. Luego Blythe se agarró a sus hombros cuando él la levantó en vilo, y le rodeó las caderas con las piernas. Sosteniéndola por las nalgas, Adam la sacó de la trastienda, la llevó directamente a la mesa de trabajo y, sin dejar de besarla, la depositó encima y empezó a desvestirla.

En su apresuramiento por despojarlo de la camisa, Blythe le rompió varios botones. Lo deseaba. Allí, ahora, en ese mismo momento. Deslizó las manos por su pecho desnudo mientras él le besaba los senos, atormentándola de placer, acariciándole los delicados pezones. Adam gruñó; luego la levantó de nuevo para bajarle los pantalones y las medias hasta las rodillas. Arrastrados por una salvaje, ciega furia, se desnudaron mutuamente.

Adam entró en ella con fiera avidez; su deseo era demasiado intenso para poder atemperarlo con la ternura. Blythe respondió con igual pasión. Nada les importaba excepto la ardiente, desesperada necesidad que terminó arrastrándolos a un común éxtasis.

Mucho más tarde Blythe yacía despierta en su cama, con Adam durmiendo a su lado. Allí estaba, enamorada de un hombre que se había casado con ella por una única razón; la trampa de amor en la que cayó la primera noche que se amaron, concibiendo un hijo. Lloró en silencio, temiendo lo que el futuro le depararía a ella, a Adam... y al pequeño Elliott.

Capítulo Diez

Adam echó una última mirada a los planos de la casa de Blythe; luego los enrolló y los metió en el tubo. Esa noche se los llevaría a casa para que ella pudiera hacer los cambios que quisiera. Al día siguiente se los entregaría al arquitecto.

Los planos de la casa que había soñado Blythe; la casa que Adam había prometido construir para ella. La casa en la que ella viviría con su hijo después de su divorcio.

Cuando se casó con Blythe, había pensado que su divorcio no era nada más que otra cláusula de su acuerdo. Pero ahora se sorprendía pensando en diferentes maneras de posponer el final de su matrimonio. Quizá pudiera renegociar los términos, convencer a Blythe de que esperara hasta que Elliott Adam cumpliera su primer año. Después de todo, el primer año de la vida de su hijo era crucial... para él y para todos.

Había convenido con Blythe en que el niño se quedaría con ella durante ese primer año, pero odiaba la idea de vivir alejado de ellos. Se perdería tantos momentos de su desarrollo si no estaba a su lado cada día...

Varias veces durante las últimas semanas, le había dado a entender a Blythe que no tenía ninguna prisa en dar por terminado su matrimonio. Pero fuera que ella simplemente no había entendido sus indirectas, o que las hubiese ignorado, el caso era que no le había hecho ninguna mención del divorcio.

Adam sabía que el divorcio era inevitable. Incluso

aunque llegaran a convertirse en amigos íntimos, seguirían siendo las dos personas que eran cuando se casaron. Él seguía siendo el tipo chapado a la antigua que no podía cambiar fácilmente sus inclinaciones machistas; dudaba que fuera capaz de dejar de responsabilizarse de cuidar a su esposa... y eso era precisamente lo que más detestaba Blythe. A menudo interpretaba sus intentos de cuidarla, de facilitarle las cosas, como una forma de dominarla y controlarla. Y Adam ponía al cielo por testigo de que no se trataba de eso.

Viviendo con ella había superado muchos prejuicios. Le encantaba vivir con una mujer fuerte e independiente con quien podía discutir de negocios y de cualquier otro asunto, sabiendo que no sólo lo comprendía, sino que a menudo lo ayudaba aportando soluciones. Y luego, por supuesto, estaba la maravillosa experiencia del sexo. Blythe y él no podían tocarse sin arder inmediatamente de deseo.

Se había acostumbrado a dormir abrazado a ella cada noche. Le gustaba saber que estaba allí, con él. Por supuesto que todavía discutían. Al final Blythe le había perdonado que contratara a dos trabajadoras para la floristería sin su permiso, pero también le había advertido que nunca más volviera a hacer algo parecido. Adam intentaba reprimir todo lo posible sus tendencias protectoras, pero pedirle que no se hiciera cargo de ella y de su hijo era como pedirle que dejara de respirar.

Y lo peor de todo era que sabía que el divorcio no cambiaría lo que sentía. Para Adam, Blythe y Elliott siempre le pertenecerían, incluso aunque se casara con otro hombre. Un pensamiento que no podía soportar.

Blythe colocó la lámpara sobre la cómoda de cajones, retrocedió para ver cómo quedaba y sonrió satisfecha. Contempló la habitación que estaba preparando para el niño desde todos los ángulos posibles; durante los dos últimos meses Adam y ella habían convertido aquel cuarto en un mundo especial para Elliott, escogiendo con exquisito cuidado los muebles, los colores de la pintura de las paredes, todo. Naturalmente Adam no había compartido los gastos, y Blythe había dejado al fin de recordarle que para cuando Elliott tuviera dos meses, se divorciarían y ella y el niño se trasladarían a otra casa.

Adam no parecía muy dispuesto a hablar de divorcio, y Blythe sabía por qué: Elliott. Adam no podía soportar el pensamiento de separarse de su hijo. ¿Pero cómo podía ella seguir casada con un hombre que sólo quería conservarla en su vida debido a su hijo? Además, incluso aunque Adam y ella se convirtieran en amigos a la par que amantes, él todavía la irritaba algunas veces al tomar decisiones que la concernían sin su consentimiento. Tenía que admitir que lo había hecho a menudo... ¡y seguía haciéndolo!

Quizá, si él la amara, ella podría aprender a tolerar sus faltas dado que sus intenciones eran buenas. Pero Adam no la amaba; esa palabra todavía no había sido mencionada. Solamente la deseaba, o al menos hasta ese momento...

Cada noche Blythe se preguntaba si sería la última... la última vez que hacían el amor. Seguro que ya no podía encontrarla deseable, dado su avanzado estado de gestación. La pasada noche Adam le había hecho el amor con infinita ternura y delicadeza, y ella ya se había acostumbrado a sus caricias. ¿Qué haría cuando él ya no la deseara?

Blythe se tragó el nudo de emoción que sentía en la garganta. Al mirar su reloj y darse cuenta de lo tarde que era, decidió tomar una ducha caliente antes de que volviese Adam. Ese día había salido temprano del trabajo, dejando a Martha Jean al cuidado de la tienda. Se desvistió lentamente en el cuarto de baño y se miró en el espejo; sus senos habían aumentado, y tenía una gran barriga. Llevaba seis meses embarazada y Elliott estaba creciendo a marchas forzadas. Se acarició el vientre, y de repente sintió que el niño le daba una patada.

—Hola, Elliott. Hoy tu mamá está un poco triste. Papá va a traernos los planos de nuestra nueva casa, la casa en la que tú y yo vamos a vivir cuando papá y yo nos divorciemos —se enjugó las lágrimas—. Y cuando cumplas un año, vivirás temporadas con papá. No me gustará renunciar a tenerte conmigo todo el tiempo, pero eso no lo sabrás tú —terminó de vestirse y abrió la ducha, disfrutando de la sensación del agua caliente sobre su cuerpo. Mientras se enjabonaba, continuó hablándole a su bebé—: Tu papá es muy bueno, ¿sabes? Hubo un tiempo en que pensé que era un tipo agresivo, machista e implacable. Pero eso era antes de que llegara a conocerlo. Claro, no es perfecto; algunas veces me pone tan furiosa que podría estrangularlo. No termina de metérsele en la cabeza que soy capaz de cuidar de mí misma sin su ayuda. Pero...

Las lágrimas le corrían por el rostro. Para cuando ya se había secado y puesto una bata, lloraba de manera inconsolable.

Adam abrió la puerta, con los planos de la nueva casa bajo el brazo.

—¿Blythe? Hey, nena, ¿dónde estás?

No la vio en la cocina, y después de dejar los planos sobre la mesa del comedor, se dirigió al pasillo. Cuando entró en su dormitorio, se quitó la chaqueta y la corbata.

—¿Blythe? —volvió a llamarla.

Sabía que estaba en casa, porque había visto su coche en el garaje. Abrió la puerta del cuarto de baño y al encontrarla sentada en el taburete, sollozando, corrió hacia ella y la abrazó con ternura.

—Nena, ¿qué te pasa? ¿Estás enferma? ¿Es el bebé? ¿Es...?

—Elliott está bien. Y... —sollozó de nuevo—... yo no estoy enferma.

—¿Qué te pasa entonces? ¿Algún problema en el trabajo?

Blythe se enjugó las lágrimas con el dorso de la mano, suspiró profundamente y miró a Adam.

—No se suponía que ibas a volver a casa tan pronto.

—He traído los planos de la casa. Sabía que querrías verlos lo antes posible; te van a encantar. Todo es como tú querías.

De repente Blythe volvió a estallar en sollozos, y Adam intentó consolarla.

—Blythe, me tienes asustado. ¿No puedes decirme lo que te pasa?

Negando con la cabeza, la joven cruzó los brazos y se abrazó con fuerza, sufriendo.

—Vamos, nena. Intentaré ayudarte —le dijo Adam—. Dime lo que puedo hacer.

Cuando intentó besarla, ella lo empujó, gritando, y salió corriendo del cuarto de baño. Adam reflexionó por unos instantes en lo que estaba sucediendo; era la enésima vez que concluía que no entendía nada a las mujeres, y en particular a Blythe. Al entrar en su dormitorio la encontró sentada en medio de la cama, hecha un ovillo.

Adam se sentó a su lado, sonriendo, y al ver la mirada que le lanzaba ella, dedujo que esa no era una táctica adecuada de acercamiento. Cuando optó por fruncir el ceño, Blythe le lanzó una mirada aún más hostil; al momento siguiente, le guiñó un ojo.

—¿Te estás burlando de mí? —le preguntó ella con voz llorosa.

—Nunca me he burlado de ti, cariño.

—Supongo que te resulto divertida, ¿no? Estoy gorda como un tonel, tengo la cara redonda como un balón... estoy fea y... —no pudo seguir debido a un nuevo ataque de sollozos.

«Así que ese es el problema», pensó Adam. Blythe sentía que había perdido su atractivo debido a su avanzado estado de gestación. La tomó por los hombros y se negó a soltarla cuando ella se resistió. A la fuerza la obligó a mirarlo.

—No lo sabes, ¿verdad? —la levantó de la cama y la sentó en su regazo, deslizando un brazo por su cintura—. Realmente no sabes lo hermosa que eres para mí —le desató el cinturón de la bata y apartó los pliegues, dejándole al descubierto los senos y el vientre.

Blythe intentó cubrirse, pero Adam no se lo permitió.

—¿Cómo puedes mirarme cuando estoy tan gorda y...?

—No te atrevas a decir que estás fea —Adam le deslizó la bata por los hombros, bajándosela hasta las caderas—. Eres preciosa. Tu cuerpo ha cambiado para acoger a ese niño que está creciendo en tu interior —le acarició el vientre, acelerándole la respiración—. Pero esos cambios no te afean. ¿Cómo puede cualquier hombre mirar a la mujer que va a tener un hijo suyo y no parecerle la más hermosa del mundo?

Blythe se abrazó al cuello de Adam, enterró el rostro en su pecho y lloró mientras él le acariciaba la espalda.

—Eres un hombre tan anticuado, Adam... Eres como un caballero andante, siempre intentando protegerme, defenderme y rescatarme... aunque yo no quiera que me rescaten.

—Hago todo lo que puedo por evitarlo —le acarició el cuello, y luego la besó en una oreja—. Sinceramente, cariño, hago todo lo que puedo.

—¡No te atrevas a disculparte por comportarte de

una forma tan maravillosa conmigo! —exclamó, y lo besó apsaionada.

Tumbándola sobre la cama, Adam la miró fijamente con el deseo ardiendo en sus ojos.

—Eres la mujer más excitante y deseable que he conocido nunca —deslizó las manos por su cuerpo con una actitud reverente, de homenaje a su belleza—. Déjame amarte, Blythe. Déjame demostrarte lo hermosa que eres para mí.

Sus labios encontraron y saborearon cada zona especial y sensitiva del cuerpo de la joven. Con la lengua trazó un húmedo sendero ardiente por su piel, hasta llegar al centro de su femineidad; cuando Adam la tocó allí Blythe gimió, arqueando el cuerpo hacia él.

Hacer el amor con una mujer nunca había sido tan trascendental para Adam; necesitaba demostrarle a Blythe que era irresistible. Y ponía al cielo por testigo de que realmente lo era. Le encantaba su sabor, le encantaba escuchar sus gemidos, sus jadeos, la sensación de su cuerpo temblando entero bajo su lengua. Blythe no pudo evitar la tormenta de placer la invadió, que barrió su cuerpo, zarandeándola como los restos de un naufragio en medio de un temporal.

Adam recogió del suelo la bandeja con los restos de la comida y la puso sobre la chimenea. Tumbada a su lado en la alfombra, Blythe apoyó la cabeza sobre su pecho y contempló el fuego que habían encendido antes de cenar. Le encantaba pasar las tardes sola con su marido. «Su marido provisional», se recordó con un suspiro, anhelando que su matrimonio fuera real, que Adam fuera su marido para siempre.

—Entonces, ¿qué te parecen los planos de la casa? —le preguntó él.

—Creo que esa casa es demasiado grande para Elliott y para mí. De hecho, es una mansión.

—¿No te gusta?

—Por supuesto que me gusta —se acurrucó contra él, acariciándole el pecho desnudo con los labios—. Es fantástica; la casa de mis sueños. Con dos pisos, tantas ventanas, tanto espacio... Pero te costará una fortuna construirla.

—Deja que yo me ocupe de eso. Nada es demasiado bueno para ti... y para Elliott.

—Cuando prometiste que me construirías una casa, nunca esperé algo como esto. Me encanta.

—Échale un vistazo y decide si quieres hacer cambios —le dijo Adam—. Quiero que esta casa sea perfecta.

—Cuando Elliott sea mayor y pase más tiempo contigo, me sentiré sola en una casa tan grande —comentó Blythe mientras desplegaban los planos—. Me asustará escuchar el eco de mi propia voz.

—Hasta entonces pasará mucho tiempo. Mientras Elliott sea pequeño, se quedará contigo durante la mayor parte del tiempo. Si me dejaras pasar a verte todos los días, quizá cenaríamos juntos de vez en cuando...

—Podrás pasar a verme cuando quieras —declaró Blythe. Esa noche había sido casi perfecta. No quería hablar del futuro y echar a perder aquella efímera felicidad—. A cualquier hora que quieras pasar a verme, serás bien recibido. Nunca tendrás que llamar antes.

—Podrías cambiar de opinión cuando tú... —Adam tuvo que tragarse su furia y su frustración—... vuelvas a salir con otros hombres.

—Bueno, tendrá que pasar mucho tiempo, también —respondió—. Estaré demasiado ocupada con Elliott para pensar en salir con nadie. Por supuesto, tú serás el soltero más codiciado de todo el Estado una vez que nos divorciemos.

—Yo tampoco tengo intención de salir con nadie de manera inmediata —admitió él—. Me gustaría pasar todo mi tiempo libre con mi hijo. No quiero perderme nada —Adam volvió a enrollar los planos y los dejó sobre una mesa cercana—. Blythe, después del divorcio, ¿podría quedarme a pasar alguna noche con vosotros, para estar más cerca de Elliott? ¿te importaría?

—No... —se aclaró la garganta—. No, claro que no me importaría.

—Y si necesitaras a alguien que cuidara del niño, yo podría venir —le dijo Adam—. Ya sabes, si tuvieras necesidad de quedarte a trabajar hasta tarde o...

—Vamos a criar a Elliott entre los dos —lo interrumpió ella, poniéndole un dedo sobre los labios, sonriente—. Lo único en que los dos siempre hemos estado de acuerdo, desde que nos casamos, es que nuestro hijo no va a sufrir porque nosotros estemos divorciados.

—Ya sabes que tenía mis dudas cuando nos casamos. Me preguntaba si seríamos capaces de resolver eso —Adam la besó en la nariz—. Pero ahora sé una cosa. Vamos a terminar este matrimonio como dos buenos amigos, y vamos a ser unos buenos padres, tanto si seguimos casados como si no.

—¿Si seguimos casados?

—Olvida lo que he dicho; ha sido un lapsus. Sé que ninguno de nosotros quiere que sigamos casados por el bien de nuestro hijo.

—Oh. Claro, tienes razón.

Blythe se preguntó qué había esperado que le dijera Adam. ¿Acaso que reflexionara sobre su relación, que se la planteara? Sí. Había esperado que quizá, sólo quizá, Adam Wyatt se estuviera enamorando de ella. Pero eso no iba a ocurrir. Ella contaba con su cariño, con su respeto y su amistad... y también con su cuerpo, aunque sólo fuese de manera provisional. Pero contar con más era pedir demasiado.

—¿Adam Wyatt asistiendo a clases de preparación para el parto? ¡Me gustaría ver eso! —exclamó Joy Simpson mientras preparaba un arreglo floral—. Increíble.

—Deja de burlarte de Blythe —la recriminó Martha Jean, que estaba trabajando a su lado—. No es el primer caso de un *playboy* reformado que se convierte en un marido ejemplar. De la misma manera que famosos pecadores se convierten en religiosos fanáticos.

—Realmente Adam está intentando moderar su entusiasmo ante la perspectiva de ser padre —comentó Blythe—. Pero le resulta difícil controlar su excitación. Parece como si yo fuera la única mujer del mundo que va a tener un bebé.

—Es que eres la única mujer del mundo que va a tener a *su* bebé —le recordó Joy.

—Yo pienso que es encantadora la manera en que el señor Wyatt cuida a Blythe —comentó Martha Jean—. Es evidente que está locamente enamorado de ella. Cada vez que la ve, se enciende como un árbol de Navidad.

Blythe advirtió cierta expresión triste en el rostro de Joy; solamente Craig y ella sabían que no se había casado con Adam por amor, y que al cabo de unos meses se divorciarían.

—Me muero de hambre —comentó—. Constantemente tengo apetito. Voy a hacer un descanso.

Se dirigió apresurada a la trastienda, conteniendo el llanto hasta que se encerró en el cuarto de baño. Al mirarse en el espejo vio que estaba muy pálida, y se preguntó cómo podía sentirse tan mal por dentro cuando, ante todo el mundo, parecía tan feliz. Se había casado con un hombre admirado por todos.

Estaba embarazada de siete meses y medio, y dentro de poco tiempo se trasladaría a la casa de sus sueños, una mansión que había construido su marido sin reparar en gastos. ¿Cómo podía sentirse tan triste cuando lo tenía todo? Todo excepto lo que más ansiaba: el amor de Adam.

Si ocho meses atrás alguien le hubiera dicho que pasaría una apasionada noche con Adam Wyatt, concebiría un hijo suyo y se enamoraría de él, Blythe le habría replicado que todo eso eran locuras. Su vida había cambiado drásticamente en muy poco tiempo, y le aguardaban cambios todavía mayores. Varias veces había estado a punto de decirle a Adam que no quería divorciarse, que deseaba que siguieran casados y criaran juntos a Elliott. Pero luego se había dado cuenta de que él podría aceptar su petición, en cuyo caso tendría que pasar el resto de su vida con un hombre que no la amaba.

De repente, Blythe sintió algo líquido corriéndole por las piernas. Asustada, se llevó las manos al vientre, rezando para que todavía no hubiese roto aguas. No podía ser. Sólo llevaba siete meses de embarazo. Se sentó y se levantó el vestido, ¡era sangre lo que le chorreaba por los muslos! Temblando, abrió la boca en un silencioso grito, como si hubiera perdido la voz. ¿Qué le sucedía? ¡No debería estar sangrando! ¿Estaría perdiendo a su bebé? ¿Cómo podía sangrar cuando no sentía ningún dolor?

—¡Joy! —chilló—. ¡Joy, ven aquí!

La puerta del cuarto de baño se abrió casi de inmediato dando paso a Joy, seguida de Martha Jean.

—¿Qué te pasa?

—Estoy sangrando —respondió Blythe—. Estoy sangrando mucho.

—Tranquila —Joy la agarró de un hombro—. Quédate tranquila —luego se volvió hacia Martha Jean—. Llama al doctor Meyers y dile que Blythe está sangrando; voy a llevarla al hospital general de Decatur.

Luego telefonea a Adam y dile que nos veremos allí; pero procura no asustarlo demasiado.

—¿Quieres que te ayude a llevar a Blythe al coche? —le preguntó Martha Jean.

—No, ya me encargo yo de eso. Tú haz esas llamadas —Joy deslizó un brazo por la cintura de Blythe y la ayudó a ponerse de pie—. ¿Puedes andar?

—Sí, no me duele nada... lo que pasa es que no paro de sangrar —Blythe se apoyó en su amiga y la miró asustada—. No puedo perder al bebé. ¡No puedo! Tú no sabes lo que significa Elliott para nosotros, para mí y para Adam. Morirá si algo le sucede a su hijo.

Rodeándole la cintura con un brazo, Joy tomó una toalla de papel y se la entregó antes de salir del cuarto de baño. Martha Jean, hablando por el teléfono móvil con el doctor Meyers, les abrió la puerta de la tienda, salió con ellas y las siguió hasta el coche de Joy.

—Sí, sí. Se lo diré —Martha Jean se inclinó hacia Blythe y le tomó las manos, que le temblaban—. El doctor Meyers irá a buscarte al hospital.

—Llama a Adam —insistió la joven—. Por favor, quiero ver a Adam.

—Lo llamaré ahora mismo —Martha Jean cerró la puerta del coche y marcó el número de Construcciones Wyatt.

Adam entró en el hospital como un ciclón, haciendo preguntas a gritos y apartando al personal que intentaba detenerlo. Al fin vio a Joy Simpson de pie en el pasillo, con expresión llorosa.

—¿Cómo está Blythe?

—Por ahora, bien —respondió Joy.

—¿Dónde está?

Cuando Joy le señaló con la mirada la puerta cerrada de una habitación próxima, tuvo que agarrarlo de un brazo para que no entrara.

—El doctor Meyers está dentro, con ella.

—Quiero verla.

—Adam, tienes que tranquilizarte. No la ayudarás a ella ni al bebé si sigues en ese estado.

—¿Qué diablos ha sucedido? Estaba bien, mejor que nunca; no había ningún problema —Adam apoyó la frente en la puerta con gesto desesperado; temblaba de pies a cabeza.

—No sé lo que sucedió —le dijo Joy poniéndole una mano en la espalda—. De repente empezó a sangrar.

—¿Que estaba sangrando? ¿Es grave? —Adam se volvió de repente y la agarró por los hombros.

—Adam...

—¿Está grave?

—Muy grave —admitió Joy, volviendo la cabeza.

—No puedo quedarme aquí esperando, sin saber nada. Si quieren apartarme de ella, vas a tener que pegarme hasta dejarme inconsciente —y de repente abrió la puerta con furia.

El doctor Meyers, que estaba al pie de la cama, se volvió con rapidez, sonrió débilmente y le indicó a Adam que entrara.

—Vamos —le dijo—. Usted es la única persona a la que quiere ver.

—¿Nena? Estoy aquí —se apresuró a acercarse a la cama y le tomó una mano.

Blythe parecía tan pequeña y débil tumbada en aquella cama de hospital, que a Adam se le encogió el corazón. Estaba intensamente pálida.

—Me he asustado tanto... —murmuró—. No quiero perder a Elliott. No puedo... no puedo...

—Tranquilízate, cariño. No pienses en ello —Adam miró al doctor Meyers—. Nada malo va a ocurrirte, ni a ti ni a Elliott.

—No debería haberle dado ya un nombre, ¿verdad? —se llevó la mano de Adam al vientre—. Al darle un nombre le convertí en una persona de verdad, y ahora si... si... —estalló en sollozos.

Adam se sentó en el borde de la cama y la abrazó. Luego, con lágrimas en los ojos, volvió a mirar al médico.

—Adam —dijo el doctor Meyers—. Blythe ha desarrollado lo que se conoce como placenta previa.

Blythe y Adam lo miraron con el corazón acelerado, estremecidos.

—Sé que suena como si se tratara de algún tipo de enfermedad, pero no lo es. A estas alturas del embarazo, Blythe, la placenta debería haberse apartado de la boca del útero, pero todavía está cubriendo el borde de la matriz... la propia boca del útero. De hecho, la placenta aún está tocando la matriz, y eso es lo que está causando la hemorragia.

—¿Es muy grave? —preguntó Blythe—. ¿Elliott... nuestro bebé está en peligro?

—A estas alturas, si tiene el bebé, debería sobrevivir —explicó el médico—. Pero vamos a hacer todo lo posible para evitar una operación, así que dejaremos que el bebé se desarrolle un poco más.

—¿Qué puede hacer? —inquirió ella mientras se dejaba abrazar por Adam.

—Vamos a tenerla en el hospital durante unos días más. Se quedará en la cama todo el tiempo. Haremos un cuidadoso seguimiento de su evolución, le daremos dosis de hierro y vitaminas y, si es necesario —el doctor Meyers dudó por un momento—... si continúa la hemorragia, le haremos transfusiones de sangre.

—Haré lo que sea para salvar al bebé —afirmó Blythe.

—¿Corre algún peligro Blythe? —preguntó Adam mientras acariciaba la espalda de su esposa, ansiando hacer lo que fuera para salvarla.

—Actualmente el noventa por ciento de las embarazadas con placenta previa se salvan, al igual que sus hijos —el doctor Meyers se acercó a Adam y le dio unas palmadas en la espalda—. Vamos a cuidar muy bien a Blythe y, si mejora su estado, podrá volver a casa dentro de una semana, más o menos. Por supuesto, tendrá que guardar cama, y alguien deberá quedarse con ella durante las veinticuatro horas del día.

—Yo me haré cargo —declaró Adam.

—Pero tú no puedes hacer eso —objetó Blythe—. No puedes dejar abandonada tu empresa durante semanas. Podemos contratar a una enfermera...

—Puedo administrar el negocio desde mi casa, si es necesario. Si crees que voy a dejarte sola ni siquiera por un minuto, estás equivocada. Nada me importa más en el mundo que Elliott y tú.

A Blythe se le llenaron los ojos de lágrimas; volviendo la cabeza para disimularlas, empezó a llorar en silencio.

Adam salió de la habitación con el doctor Meyers y le preguntó si había sido completamente sincero acerca del estado de Blythe. Joy se reunió con ellos al momento.

—Les he contado la verdad. Queremos hacer todo lo posible por llevar este embarazo a buen término, pero si continúa la hemorragia, no tendremos más remedio que operar.

—¿Puedo entrar a ver a Blythe? —inquirió Joy.

—Vaya —le permitió el médico, y luego se volvió hacia Adam—. Si quiere quedarse esta noche con Blythe, puedo encargarme de ello.

—Encárguese de que me quede durante todo el tiempo que ella esté aquí.

Adam no abandonó el hospital durante las dos semanas que duró la hospitalización de Blythe. Comía con ella, se duchaba y afeitaba en el cuarto de baño de su habitación. Nadie consiguió moverlo de allí; ni siquiera los intentos de Joy y de Craig dieron resultado. Incluso cuando Blythe le suplicó que se volviera a casa, se negó a hacerlo. Y ahora se alegraba de haberse mantenido tan firme, porque el doctor Meyers había decidido realizar inmediatamente una operación de cesárea.

Blythe se encontraba en la trigésima cuarta semana de embarazo. El doctor Meyers había dicho que no preveía ninguna complicación, pero ya había alertado a la unidad de cuidados intensivos del hospital de Huntsville, por si fuera necesario.

Joy y Craig encontraron a Adam sentado en la sala de espera, solo, con la cabeza baja y los codos apoyados en las rodillas.

—¿Se sabe algo? —le preguntó Craig.

—Nada todavía —respondió Adam, con la mirada fija en el suelo.

—Todo va a salir bien —le aseguró Joy—. El doctor Meyers es uno de los mejores especialistas de todo el Estado. Voy a por unos cafés. Ahora vuelvo —se levantó, haciendo una seña a su marido para que consolara a Adam.

—Está bien —le comentó Adam a Craig cuando su esposa se hubo marchado—, no tenéis ninguna necesidad de animarme. Sé que Joy piensa que haya algo que puedes decirme para que deje de preocuparme. Pues bien, es imposible que lo consigas.

—Ya lo sé —Craig metió las manos en los bolsillos y apoyó la espalda en el respaldo del sofá—. En tu caso, reaccionaría de la misma forma que tú.

—No sé cómo sucedió, ni siquiera cuándo. Pero he terminado enamorándome de esa mujer.

—¿Ahora te das cuenta de eso? —rió Craig—. Diablos, hacía meses que todo el mundo lo sabía.

—¿Cómo?

—Joy y yo, Martha Jean, Sandra, el doctor Meyers... todos.

—¿Tan evidente era?

—Sí, para todo el mundo excepto para tu mujer. No se lo has dicho, ¿verdad?

—No, maldita sea. Y ha entrado en el quirófano sin saber lo que siento realmente por ella —Adam se levantó de repente y empezó a pasear por la sala—. Diablos, ni siquiera quise reconocerlo yo hasta que... No voy a concederle el divorcio. Jamás la dejaré separarse de mí.

—¿Señor Wyatt? —lo llamó una enfermera.

—¿Sí? —se acercó apresurado.

—El doctor Meyers desea verlo. Si quiere hacer el favor de acompañarme...

—¿Ha sucedido algo malo? ¿Se encuentra bien Blythe?

—Su esposa se encuentra bien, señor Wyatt —le informó la enfermera, sonriendo.

Adam dejó escapar el aliento que había contenido hasta ese instante. Se sentía mareado.

—El doctor Meyers pensó que tal vez querría entrar en el quirófano para asistir al nacimiento de su hijo.

—¿Cómo? ¿Es posible? Iba a hacer la cesárea a mi esposa.

—Sí, lo sé. Pero el doctor está especialmente interesado en que asista a la operación.

—¿Quiere decir que pudo entrar ahora mismo y estar con Blythe durante la operación?

—Sí —respondió la enfermera—, pero tendrá que darse prisa.

Craig se acercó a Adam y le puso una mano en el hombro.

—Es una experiencia trascendental. Nunca olvidaré el día que nació Missy; es un recuerdo especial que Joy y yo compartiremos para siempre.

—Dios mío, Craig, estoy asustado.

—Yo también lo estaba —rió su amigo—. Pero Blythe reunirá la fortaleza suficiente para los dos.

—Por favor, señor Wyatt, tenemos que irnos —insistió la enfermera—. Tenemos que prepararlo antes.

Adam siguió sus instrucciones, se puso un traje esterilizado y entró en el quirófano. Blythe estaba tumbada en la mesa de operaciones, con el vientre expuesto y desnudo. La habían anestesiado parcialmente.

—Estoy aquí, nena —le dijo mientras se sentaba en una silla que habían dispuesto para él, a la cabecera de la mesa.

Ella le tomó la mano derecha. Con extremada delicadeza, Adam se la llevó a los labios para besarla.

—Le dije al doctor Meyers que no iba a tener este bebé sin ti —le confesó Blythe—. Habíamos acordado compartirlo todo.

—Gracias —le susurró Adam al oído.

La operación duró unos diez minutos. Tanto Blythe como Adam no podían apartar la mirada de su hijo, emocionados.

—¿Me lo puede dar ya? —le pidió Blythe al doctor Meyers.

El médico se lo dio de inmediato, pero después le advirtió que debían llevarlo con rapidez a la incubadora.

—¿La incubadora? —inquirió ella, aferrándose a la mano de su marido—. ¿Sucede algo malo? ¿Elliott...?

—Elliott parece estar perfectamente, sobre todo teniendo en cuenta que es un niño prematuro —explicó el doctor Meyers—. Se trata de un procedimiento rutinario.

La enfermera entregó luego a Elliott a su padre. Adam lo contempló con lágrimas en los ojos; era *su* hijo. Luego volvió a depositarlo en los brazos de su madre, que deslizó el dedo índice por su carita mientras lo miraba con adoración.

—Es muy guapo, ¿verdad? —cuando levantó la mirada hacia Adam, vio que estaba llorando.

Sonriendo, Adam se enjugó las lágrimas y acarició la cabecita de su hijo con infinita ternura.

—Tiene tu mismo pelo. Rojo, del color de la canela.

La enfermera tuvo que interrumpirlos para llevarse al niño.

—Más tarde se lo llevaré a la habitación, señora Wyatt.

—Descanse, Blythe —le ordenó el doctor Meyers, y luego se dirigió a Adam—. Vaya a tomarse un café y a reponerse un poco. Para cuando Blythe se encuentre en su habitación, con Elliott si ya han terminado de examinarlo, podrá ver al niño de nuevo.

De vuelta en la habitación Adam se quedó durante todo el tiempo con su esposa, velando su sueño. No sabía cómo reaccionaría cuando le dijera que había cambiado de idea con respecto al divorcio, y que no podría separarse de ella. Tenía que encontrar una manera de tocar ese tema sin entrar a discutirlo. Porque Adam no tenía intención alguna de discutir nada. ¡Simplemente no estaba dispuesto a perder a su esposa!

Durante los tres días que transcurrieron desde el nacimiento de su hijo, Adam no se había apartado en ningún momento de su esposa. Satisfecho de la recuperación de Blythe, al fin el doctor Meyers le había dado permiso para regresar a su casa. En cuanto a ella, se esforzaba por no pensar en el poco tiempo de vida que le quedaba a su matrimonio, cuando se trasladara con Elliott a la casa que Adam les había construido.

La enfermera la ayudó a vestirse mientras Adam esperaba impaciente. Ese día Blythe intuía que algo andaba mal; contra su costumbre, su marido se encontraba nervioso, preocupado. Y no era por su hijo, cuyo estado de salud era perfecto. Tal vez estaba deseoso de hablar del divorcio, y no quería disgustarla cuando había pasado tan poco tiempo desde el parto.

Durante el trayecto a casa, Adam permaneció extrañamente callado. La enfermera que con anterioridad había contratado los estaba esperando en el sendero de entrada; ella fue quien se hizo cargo del niño cuando llegaron, ya que Blythe todavía estaba algo débil y no podía sostenerlo. Adam la levantó en brazos y la llevó al dormitorio, que estaba lleno de rosas, sus flores favoritas; después de dejarla sentada en la cama, la ayudó a quitarse el abrigo.

—Quiero tener a Elliott conmigo —le pidió Blythe.

—La señorita Hobart te lo traerá dentro de un rato —repuso Adam—. Antes necesito hablar contigo.

—¿De qué me quieres hablar? —le preguntó, sin atreverse a mirarlo.

—De nuestro divorcio —respondió él al tiempo que sacaba unos documentos de su maletín.

Era como si una mano helada le hubiese tocado el corazón. Se dijo que no debería sentirse sorprendida; era lo que había esperado.

—¿Nuestro divorcio? Acordamos que nos divorciaríamos unos dos meses después de que naciera el niño.

—Efectivamente, eso fue lo que acordamos antes de casarnos —Adam se sentó en la cama al lado de ella, con los documentos en la mano.

—También acordamos compartir la custodia de Elliott. Pero luego dijiste que me lo dejarías durante el primer año. ¿Es que has cambiado de idea?

—He cambiado de idea acerca de muchas cosas.

Lágrimas de desilusión y furia asomaron a los ojos de Blythe. ¿Querría el divorcio de inmediato, y empezar a compartir la custodia a partir de ese mismo momento? ¿Por eso había insistido en contratar a una enfermera?

—Debí haberlo adivinado —dijo con voz débil, tragándose las lágrimas.

Adam se volvió hacia ella y descubrió que estaba a punto de llorar.

—Blythe... nena... ¿qué te pasa? ¿He dicho algo que te haya disgustado? —la tomó de los hombros con delicadeza.

—¿Quieres el divorcio, no? —lo miró mientras las lágrimas rodaban por sus mejillas—. Bueno, pues dame esos malditos papeles para que los firme. Te concederé el divorcio, pero no vas a llevarte a Elliott. Ahora no. Ni siquiera aunque contrataras a una docena de enfermeras para cuidarlo. Me prometiste que yo lo tendría durante el primer año. Hicimos un trato.

Adam sonrió, con el corazón henchido de esperanza. Había intentado encontrar uan manera de tocar aquel tema, de decirle que tenía intención de romper su acuerdo. Había tenido tanto miedo de que no quisiera seguir casada con él, y ahora allí estaba, a punto de sufrir un ataque porque pensaba que quería pedirle el divorcio de inmediato...

—Nunca te separaré de Elliott. Te lo prometo.

—¿Me estás diciendo que ya no quieres compartir su custodia? —preguntó incrédula.

—Te estoy diendo que... no va a haber divorcio. No voy a consentirlo. Elliott necesita crecer en un hogar en el que sus padres estén juntos, unidos.

Blythe lo miró fijamente durante unos segundos, y tuvo que parpadear para contener las lágrimas.

—¿Quieres que sigamos casados... por Elliott? —le preguntó. No quería seguir casada con él por eso. Le quería, le necesitaba... tenía que contar con su amor—. Elliott no necesita unos padres que se esfuercen por vivir juntos, por permanecer unidos... si no se aman —le acarició una mejilla—. No podría funcionar.

—Aunque tú no me quieras ahora, podrías llegar a hacerlo un día, quizá —Adam le cubrió la mano con la suya—. Ya sé que no soy tu hombre ideal,

155

pero intentaré hacer todo lo posible por no volverte loca con mi inaceptable comportamiento. Y tenemos muchas cosas en común, más de lo que pensábamos. Para no hablar de Elliott —acariciándole la nunca y atrayéndola hacia sí, murmuró contra sus labios—: Y el sexo entre nosotros es increíble.

—Oh, Adam —exclamó ella, terriblemente tentada de aceptar—. ¿Cómo podríamos pasar junto el resto de nuestras vidas sin querernos?

—¿No crees que hay alguna posibilidad de que algún día pudieras amarme? —le preguntó él.

—Pero si ya te quiero, Adam. Me enamoré de ti poco después de casarnos.

—¿Me quieres? —le preguntó Adam, estrechándola con fuerza entre sus brazos.

—Sí, claro que te quiero, grandísimo imbécil —sonrió, con los ojos llenos de lágrimas—. No puedo creer que todavía no te hayas dado cuenta. Quiero decir que... bueno, cada vez que me tocas, me derrito...

—Creí que sólo era sexo —repuso él—. Por ambas partes. Fabuloso, maravilloso, pero sexo al fin y al cabo. Al menos, yo intentaba decirme que sólo era eso...

—¿Cuándo te diste cuenta de que era algo más... de que era... amor?

—Dios mío, mujer, si no hubieras tenido el bebé, te habría estado haciendo el amor día y noche —Adam acunó su rostro entre las manos—. Justo antes de que naciera Elliott le confesé a Craig que te amaba, pero hacía semanas que ya lo había descubierto: el día en que Joy te llevó al hospital. Ese día, por un instante, temí perderte, y esa revelación me dejó impactado. Me di cuenta de que la vida no merecía la pena si te perdía, cariño. Te quiero. Te quiero más que a nadie en el mundo.

Epílogo

—Celebrar una fiesta de cumpleaños en la casa de los Wyatt es como montar un circo. Igual —comentó Joy Simpson mientras repartía helados entre los niños que jugaban en el enorme patio de la casa; la elegante mansión que Adam le había construido a Blythe hacía ya ocho años.

—Bueno, si hubieran sido sensatos y se hubiesen conformado con tener dos hijos, como nosotros, no habrían tenido este problema —repuso Craig.

—Los niños no son ningún problema —Blythe le sonrió a Craig, sosteniendo a su hija de un año en brazos—. Nuestro problema es que Adam encuentre tiempo para administrar Construcciones Wyatt y que yo pueda dirigir mis dos negocios a la vez, sin dejar de ser unos buenos padres. Menos mal que Martha Jean puede hacerse cargo sola de la floristería. Y a los niños les encanta pasar el tiempo conmigo en el vivero.

—Creo que Joy y Craig piensan que hemos tenido demasiados hijos, nena. ¿Qué opinas tú? —preguntó Adam dirigiéndose a su hija más pequeña, que obviamente no le entendía y que ese día celebraba su primer cumpleaños—. Ven con papá, pequeña.

—Bueno, si Adam no hubiera tenido tanto empeño en tener una hija, nos habríamos tenido que conformar con los chicos —Blythe entregó a Rachel Alana Wyatt a su padre—. Toby y Max dan mucho trabajo, como todos los gemelos, pero cuando llegamos a los cuatro, decidimos hacer un nuevo intento.

—Menos mal que tuvísteis a Rachel —rió Joy—. Porque si no, podrías haber continuado hasta reunir los suficientes para formar un equipo de béisbol.

—Si hubiérais tenido una niña antes que un niño, como nosotros —comentó Craig—, os habrías ahorrado tener que pagarles a cuatro hijos la universidad. Tienes suerte de ser millonario, Adam.

—Creo que, sobre todo, tengo suerte de que Blythe sea la madre de mis hijos —replicó, rodeando los hombros de su esposa con un brazo.

Los dos estaban contemplando cómo sus hijos jugaban con Missy Simpson, que contaba ya nueve años, mientras su hermano pequeño se incorporaba al juego.

—Sí, creo que ambos somos unos tipos afortunados —comentó Craig—. Tenemos unas preciosas esposas y unos hijos sanos y felices.

—Eso está claro —asintió Blythe—. Pero mira lo que nos ha tocado en suerte a Joy y a mí: ¡aguantar a unos maridos como vosotros!

Y todos se echaron a reír.

Recientes experiencias le habían enseñado a Harriet que sólo se vive una vez. Así que decidió cambiar su imagen por completo y transformarse en rubia. Marcus Fox, el jefe de la compañía en la que trabajaba, no lo aprobaba. Se decía que aborrecía a las rubias. Había algo de lo que Marcus parecía querer hablarle en cada oportunidad que se presentaba, algo que parecía avergonzarlo y de lo que Harriet guardaba un nebuloso recuerdo: la última fiesta de la oficina…

¿Tendría aquello algo que ver con su creciente interés por ella?

Una rubia muy especial

Susan Napier

PIDELO EN TU QUIOSCO